Edição apoiada pela Direção-Geral do Livro,
dos Arquivos e das Bibliotecas / Portugal

GOVERNO DE PORTUGAL | SECRETÁRIO DE ESTADO DA CULTURA

A COLEÇÃO PRIVADA DE ACÁCIO NOBRE

—

PATRÍCIA PORTELA

dublinense

Porto Alegre • São Paulo
2017

CONSELHO EDITORIAL Gustavo Faraon, Julia Dantas, Rodrigo Rosp
PROJETO GRÁFICO Bloco Gráfico
ASSISTENTE DE DESIGN Stephanie Y. Shu
PREPARAÇÃO Eloah Pina
REVISÃO Rodrigo Rosp

FOTOGRAFIAS
Pacheko (AN/0002) – Cedência do Centro Nacional de Cultura.
Puzzle ovoide em madeira, protótipo de 1918 (AN/0056) – Patrícia Portela / Cortesia do Museu da Universidade de Indianápolis, EUA.
AN/0005a/b, AN/004, AN/4408, AN/00056a, AN/0012, AN/0014, AN/0044, AN/1001 – Patrícia Portela.
AN/003 e AN/0056b – catálogo de Richter & Co.
AN/0083 – autor desconhecido, possivelmente Acácio Nobre.

Dados Internacionais de Catalogação na Publicação (CIP)

P483c Portela, Patrícia
A coleção privada de Acácio Nobre / Patrícia Portela;
Porto Alegre: Dublinense, 2017.
224 pág.; 19cm

ISBN: 978-85-8318-099-9

1. Literatura Portuguesa 2. Romances Portugueses I. Título.

CDD 869.39

Catalogação na fonte: Ginamara de Oliveira Lima (CRB 10/1204)

Av. Augusto Meyer, 163, sala 605
Auxiliadora, Porto Alegre, RS
contato@dublinense.com.br

Para Acácio Nobre,
o cisne negro

Não serve de nada um espólio se não sabemos de quem é, se não lhe reconhecemos o valor. Quem não sabe é como quem não tem.[1]

1 Nota escrita à mão na parte de trás de uma fatura de um retalhista do Chiado e encontrada no baú. A letra parece ser a do meu avô mas o til (~) é igual aos meus.

Nota sobre a grafia de Acácio Nobre e a grafia adotada na transcrição dos manuscritos e documentos datilografados

Para além de um singelo *Vocabulário Ortográfico* publicado em 1866 (três anos antes do nascimento do autor sobre o qual nos debruçaremos durante as próximas páginas), e de *Bases da Ortografia Portuguesa* de Aniceto dos Reis Goncalves Viana e Guilherme de Vasconcelos Abreu de 1887,[2] a grafia da língua portuguesa não obedeceu a

2 Estes dois autores foram, segundo nos informa o reputado *Dicionário Bibliográfico Português* (do famoso Inocêncio), ambos notáveis no seu tempo. O segundo, o Guilherme, foi capaz de escrever tanto um *Curso de literatura e língua sânscrita, clássica e védica* em quatro tomos, publicados entre 1881 e 1898, como, após concluída esta obra monumental, se dedicou a coligir umas *Notas sobre a questão do Jus primae noctis* que, desta vez, se limitam a 16 páginas (ver *Dicionário Bibliográfico Português* de Inocêncio Francisco da Silva, Tomo XXIV, *Aditamentos* de Martinho da Fonseca, Imprensa Nacional, 1972, p. 175). Aniceto, por seu turno, para além de ser filho do grande ator Epifânio, estudou, ainda segundo o respeitado e fidedigno *Dicionário* atrás citado, "os seguintes idiomas: castelhano, catalão, italiano (toscano literário e veneziano), romano, dialetos romanches, alemão, neerlandês, frísio, anglo-saxão, dinamarquês, sueco, islandês antigo e galês, russo, búlgaro e polaco, línguas áricas modernas da Índia, finlandês, lápico e húngaro, hebraico, árabe, japonês, vasconço, quimbundo, tupi etc. Além da glotologia geral e gramática comparada, principalmente das línguas áricas" (ver *Dicionário Bibliográfico Português*, de Inocêncio Francisco da Silva, Tomo XXII, Lisboa, Imprensa Nacional, 1923, pp. 110-123). Acácio Nobre acusava Aniceto de, para além de ter cometido tudo isto, ser um dos principais impulsionadores da reforma ortográfica imposta pela República, curiosamente no mesmo ano em que a mesma República decretava a separação da Igreja do Estado. Desde então passou Acácio a colocar um H a seguir ao D de Dheus, exigindo a necessária

um grupo de regras comuns, nem mesmo dentro de uma só nação, até a publicação do primeiro *Formulário Ortográfico* em 1911.

Mesmo após essa data é sabido que Acácio Nobre sempre escreveu "como cheria e lhe apetecia",[3] não só pelo prazer que nutria por tremas, y's, z's, ff's, dh's, th's e cc's consecutivos, entre outros requintes entretanto eliminados da dita *orthografia porthugueza*, como, e sobretudo, para fintar qualquer purista ou simplificador "ser literário que ousasse domar uma lengua tão selvagem", isto fazendo uso das suas próprias palavras. Se até 1911 o seu alvo foram os "Almeidas" (suponho que os Garrett) "dha nossa praça uma vez inquizidhora" (suponho que a do Rossio), após o *Formulário* de 1911 a lealdade manteve-se do lado de Bernardo Soares, com quem partilhava cafés na "esplanada" inexistente d'A Brazileira todas as "Seichtas-feirashes possíveishes" e da convicção de que, e passo a citar o *Livro do Desassossego*: a "Pátria é a língua portuguesa" e de que "Nada (lhe) pesaria que invadissem ou tomassem Portugal, desde que não (o) incomodassem pessoalmente, mas odiaria, com ódio verdadeiro, com o único ódio que sinto, não quem escreve mal portuguez [...] mas [...] a orthographia sem ypsilon, como escarro direto que (o) enoja independentemente de quem o cuspisse."[4]

---

respiração entre uma consoante e uma vogal tão importante como o "é" o "e" para a existência de tudo o resto em língua portuguesa.

3 Citação de correspondência não publicada entre Acácio Nobre e José Pacheko.

4 In *Livro do Desassossego* de Bernardo Soares.

Quanto ao acordo de 1945,[5] e porque a vida já ia longa e repleta de vicissitudes que tornavam um novo acordo quase irrelevante, Acácio Nobre não só não alterou a sua ortografia como não se pronunciou sobre a necessidade da sua alteração. Conhecendo nós a alergia permanente que Acácio nutria por António de Oliveira Salazar e por todos os seus ministros e conselheiros da Instrução Pública que mantinham "essa ditadura dita branda mas em permanente estado causador de silenciosas catástrofes",[6] foi opção editorial publicar os *fac-símiles* na sua versão original (mesmo quando os mesmos apresentavam serias dificuldades de leitura em algumas secções muito danificadas) apresentando a sua transcrição no novo acordo ortográfico, ignorando assim, de forma discreta mas convicta, não só o Acordo do Antigo Regime como as polêmicas em relação ao atual, e criando um hiato temporal que só poderia ser do agrado de Acácio Nobre e de seus pares *inthelecthuaishes.*

5 Também conhecido pela designação oficial de Convenção Ortográfica Luso-Brasileira, transformada em lei pelo decreto nº 35 228 de 8 de dezembro de 1945. Esta Convenção Ortográfica Luso-Brasileira tem a particularidade de nunca ter sido adotada pelo Brasil, apesar do simpático nome que lhe deram e pelo qual é, ainda hoje, conhecida.

6 In *Diário Retrospectivo* de Acácio Nobre, p. 68, manuscrito não publicado.

Pré-Facies

Foi em 1999 que descobri, na cave dos meus avós, uma arca com textos e projetos de Acácio Nobre (1869?–1968), um pensador do século XIX, construtor de puzzles geométricos e conhecedor dos movimentos mais obscuros e alternativos das ciências (naturais, ocultas e outras) e das artes da sua época. Um visionário para quem foi um fardo viver o século XX e que uma ditadura silenciou e (quase) eliminou de todos os registos de uma História que, ainda assim, influenciou de forma subtil e anónima, introduzindo uma marca indelével e inevitável nos séculos vindouros, como o nosso.

Apelidado de "sensato e sem tempestades",[7] Acácio Nobre era "um homem quase invisível, mas que sempre se fazia sentir numa sala quando presente".[8]

Foi o mais velho do círculo de futuristas portugueses, o mais novo do círculo de surrealistas franceses e um ativista republicano numa época em que era *très cool* apoiar a monarquia ou subscrever alguma forma de anarquismo fascista.[9]

Apesar do seu evidente contributo para cada um destes círculos, a sua personalidade (aparentemente) cin-

---

7 Segundo dita a lenda, era esta a expressão usada para evocar a presença de Acácio Nobre sem evocar o seu nome.

8 Descrição de Alva sobre Acácio Nobre em conversa com a autora em 2001.

9 Pode parecer estranha esta associação de palavras e, consequentemente, conceitos. No entanto houve quem a adotasse e até cultivasse, nomeadamente no período louco de entre as duas guerras, como, por exemplo, Rolão Preto.

zenta e a sua convicção de que a obra deveria permanecer anónima (segundo ele, para poder sobreviver ao artista) contribuíram para uma documentação quase inexistente sobre este autor assim como para uma perceção pouco clara sobre o verdadeiro impacte da sua obra na História da Arte Portuguesa e europeia.

"Quero estar morto quando estiver morto! Que viva por si só a obra! A verdadeira imortalidade só se atinge quando nos apagarmos definitivamente deste mundo",[10] dizia. O anonimato que perseguiu e alimentou não nos permite reconstruir hoje com exatidão a sua vida ou obra nem detetar a sua influência em golpes de inspiração alheios, apenas supô-la a partir de alguma correspondência, esboços de projetos inacabados, protótipos de brinquedos patenteados por Richter & Co. ou de fragmentos dos seus megalómanos projetos tal como o era o projeto de reurbanizacão do Chiado através da alteração radical da sua *banda sonora*.[11]

Acácio Nobre costumava dizer que:

> *Se pararmos um pouco para pensar na realidade, podemos verificar que a mesma pode ser definida por um livro de atas, por uma constituição de um país ou por uma assinatura oficial de um tratado, mas raramente (e sobretudo se não ficar escrito) é reconhecida num sentimento coletivo e inultrapassável, e, muitas vezes, publicamente silenciado, de querer ir contra a corrente.*[12]

---

10 Fragmento de Manifesto 2020 de Acácio Nobre.

11 Ver nota de rodapé 37 e/ou 38 da p. 49 com informação detalhada sobre o projeto *O Chiado de Acácio Nobre*.

12 Fragmento de carta não enviada datada de 1968.

Delinear contos fantásticos ou puzzles geométricos foram algumas das formas que encontrou para imaginar uma possibilidade constante de um mundo para além deste em que vivemos; uma estratégia hábil de negação da tradução consensual de uma realidade com que cada maioria teima em carimbar a sua época, introduzindo-lhe elementos de beleza e disrupção diárias.

É respeitando esta contradição fundamental na sua obra, a realizada e a imaginada, a assinada e a partilhada anonimamente, que exponho, nas páginas seguintes, algumas imagens e transcrições comentadas do seu espolio.

No baú encontrei:

- 543 cartas (umas enviadas e copiadas a papel químico, outras não);
- 456 envelopes vários, recebidos, devolvidos e por enviar;
- 312 apontamentos soltos;
- 127 rascunhos de projetos;
- 1 bloco de notas sem datas;
- 1 álbum de recortes e colagens com datas;
- 45 pacotinhos e 7 frascos de Fentanyl;
- 1 chave;
- 1 chávena;
- 5 compassos;
- 1 caixa de 11 sólidos para desenho incompleta (faltam-lhe 2 sólidos);
- 12 protótipos de jogos para crianças e adultos, entre os quais o famoso Voleiscópio;[13]
- 1 manifesto encriptado, ainda em processo de descodificação;

13 Jogo atribuído durante décadas a William Higginbotham.

– 88 rascunhos de uma carta dirigida a Ministros, Secretários de Estado e Conselheiros da Coroa entre 1890 e 1909;
– 5 cadernos com esboços e recolha de material de pesquisa para a construção de uma árvore genealógica das vanguardas e sua relação direta com os jogos geométricos jogados pelos responsáveis pelos principais movimentos artísticos do século XX;
– 4 cadernos de papel almaço liso, quadriculado e com linhas por preencher;
– 1 resma de papel de máquina branco;
– 1 pacote de folhas de papel químico;
– 1 resma de papel tipo vegetal rosa que utilizava para as cartas manuscritas;
– 1 máquina de escrever Remington Portuguesa de 1920/30, modelo 12;
– 1 fotografia;
– 1 cartão de membro do clube C.A.A.N.[14]

14 C.A.A.N.: Clube dos Amigos de Acácio Nobre.

O espólio

ESPÓLIO AN/0001

Cartão de membro número 75/1968 do C.A.A.N. da minha avó, Marília de Pascoaes Junqueiro, assinado com o "nome próprio" de "Pedro".[15]

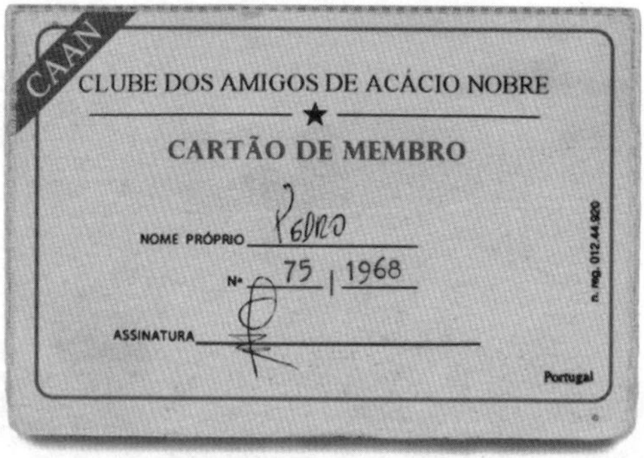

15 O C.A.A.N., o Clube dos Amigos de Acácio Nobre, foi possivelmente fundado por Judith Teixeira (1880-1959) e Raul Leal (1886-1964) em 1954. Nele constavam figuras ilustres e intelectuais de vários países e de várias épocas que quiseram prestar homenagem a Acácio Nobre, ainda vivo mas afastado dos circuitos intelectuais portugueses devido a quezílias várias com algumas das mais prestigiadas figuras do movimento modernista português. Para além de transcrições dispersas dos regulamentos e atas do C.A.A.N., de alguns guardanapos de pano assinados por intelectuais arménios de passagem por Portugal aquando da comemoração dos 50 anos da máquina 3 ½D e de três caixas de fósforos com a insígnia C.A.A.N., pouco mais se sabe sobre este clube secreto. Ironicamente, é graças à tentativa falhada de fundação legal do C.A.A.N. que o interesse da PIDE (Polícia Internacional e de Defesa do Estado) por Acácio Nobre é reativado, permitindo-nos o acesso aos relatórios da sua antecessora PGICS (Polícia Geral de Informações de Caráter Secreto), o braço não oficial da antiga PVDE (Polícia de Vigilância e de Defesa do Estado), em funções entre 1933-1945. Os arquivos da PIDE são, até à data, os únicos registos oficiais sobre a vida e obra de Acácio Nobre em Portugal, situação que pretendemos contrariar com esta obra.

ESPÓLIO AN/0002

Fotografia de 1928 anexa ao Relatório 453/07 de 1939 da operação geométrica da PGICS (Policia Geral de Informações de Caráter Secreto).[16]

16 Cópia digitalizada do espólio de José Pacheko, gentilmente cedida pelo Centro Nacional de Cultura e cópia da foto anexa ao Relatório 453/07. Foto onde figura José Pacheko (1885-1934), à direita, de chapéu aos seus pés, o (relativamente) famoso "arquiteto pela graça de deus", e onde se suspeita estarem presentes Eduardo Viana, sentado num banco do lado esquerdo, abraçado, quem sabe, por Santa-Rita, de frente a Raul Lino com seu farto bigode, de pé ao lado de Franco, Manuel Jardim, Acácio Lino, João Quintinha e quem sabe se Acácio Nobre.

ESPÓLIO AN/0073

Transcrição dos objetivos prioritários do Clube dos Amigos de Acácio Nobre afixados na porta de entrada do C.A.A.N.

a) Reconhecer e recuperar o espólio de Acácio Nobre;

b) Assegurar que as suas obras se mantêm dispersas e passíveis de serem reencontradas e perdidas vezes sem conta.

ESPÓLIO AN/0063

Transcrição de fragmentos do Regulamento Interno – não oficial mas de honra – do C.A.A.N. (documento datado de 1954).

"Um membro do C.A.A.N não pode ter em sua posse mais de três objetos de Acácio Nobre. Todos os objetos que excedam o número permitido devem ser leiloados, doados, oferecidos ou reciclados noutros objetos de outras autorias."

"Não e permitido organizar retrospetivas nem exposições individuais da sua obra, apenas apresentá-la em exposições coletivas e/ou temáticas."[17]

---

17 O regulamento do C.A.A.N. é omisso em relação à posse de cartas e/ou rascunhos e em relação à posse de objetos por não sócios do C.A.A.N.; ou pelo menos assim o interpretei.

Excerto fac-similado do Relatório (da PIDE) 453/07 (Arquivo Nacional da Torre do Tombo) e transcrição dos excertos 2, 3 e 4 do mesmo Relatório em pasta azul, com elástico preto, repleta com artigos de jornais, cópias de relatórios da PIDE a papel químico (1954-68) e pequenas notas manuscritas.

No relatório, onde se fala do "número 68 da Rua António Maria Cardoso", refere-se à sede do Centro Nacional de Cultura (CNC), que foi um antigo ponto de encontro de intelectuais e artistas no tempo da ditadura.

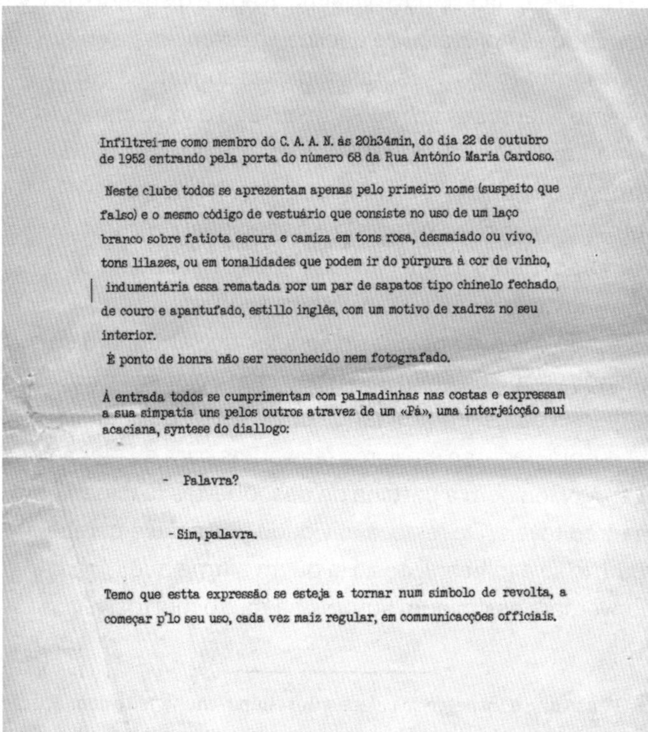

Infiltrei-me como membro do C. A. A. N. ás 20h34min, do dia 22 de outubro de 1952 entrando pela porta do número 68 da Rua António Maria Cardoso.

Neste clube todos se aprezentam apenas pelo primeiro nome (suspeito que falso) e o mesmo código de vestuário que consiste no uso de um laço branco sobre fatiota escura e camiza em tons rosa, desmaiado ou vivo, tons lilazes, ou em tonalidades que podem ir do púrpura à cor de vinho, indumentária essa rematada por um par de sapatos tipo chinelo fechado, de couro e apantufado, estillo inglês, com um motivo de xadrez no seu interior.

É ponto de honra não ser reconhecido nem fotografado.

À entrada todos se cumprimentam com palmadinhas nas costas e expressam a sua simpatia uns pelos outros atravez de um «Pá», uma interjeicção mui acaciana, syntese do diallogo:

- Palavra?

- Sim, palavra.

Temo que estta expressão se esteja a tornar num simbolo de revolta, a começar p'lo seu uso, cada vez maiz regular, em communicacções officiais.

Ainda no Relatório, os "sapatos tipo chinelo" referem-se aos famosos "*slippers gold bond*" ingleses que fizeram sucesso entre o calçado masculino lisboeta, muitas vezes usados em cerimónias oficiais e/ou públicas como atitude provocatória de quem se recusa a calçar "os sapatos da ditadura", atitude essa visivelmente desconhecida do inspetor António de Santos. Talvez por isso, e não por fazer parte da indumentária oficial do clube, tantos elementos do C.A.A.N. se apresentassem nas sessões acacianas calçados de forma semelhante.

"[...] De resto não se ouve vivalma. Nada é discutido de viva voz. Tudo se aprova ou se declina em silêncio, e sempre por escrito. Todas as regras, todas as sugestões ou mesmo alterações ao regulamento são dactilografadas e entregues anonimamente. A votação é feita através da entrega de papelinhos em quatro cores distintas, o vermelho, o verde, o amarelo e o azul, que, presumo, corresponderão a sim, não, abstenção e proposta de reformulação da sugestão votada. Digo isto por ter assistido a várias votações e aquelas que obtinham uma maioria vermelha eram acolhidas com aplausos ou seguidas do desembrulhar de um 'pirolito' de licor.[18]

A cota paga-se em livros relevantes para a coleção do C.A.A.N. ou com a partilha de descobertas fascinantes e inacreditáveis. De resto, a atividade dos sócios parece reduzir-se a folhear livros. Há quem afirme que conversam assim com autores há muito mortos.

18 Penso que o inspetor se refere a um chupa-chupa feito com açúcar e rum ou um outro licor forte, comum entre os encontros de damas mais atrevidas para acompanhar o chá em vez da habitual bolachinha de manteiga ou do biscoito.

Permaneci três horas e doze minutos sentado na mesma cadeira de estofo de couro castanho dourado e braços preenchidos de cornucópias e unicórnios que se encontra sempre virada a sul, do lado direito de quem entra, contemplando a página 52 de um livro de poemas de um autor português que, creio, foi censurado recentemente[19] e aqui se encontra intacto. Fiz por copiar os gestos de todos os presentes, incluindo os de um senhor que se sentara ao meu lado e que me fez uma vénia como se me reconhecesse após ter observado o meu bolso esquerdo com um olhar perscrutador, bolso esse onde guardo habitualmente as algemas quando me apresento ao serviço à paisana. Cirandei discretamente pelos arredores do Clube e acabei por ouvir a conversa de um grupo de três cavalheiros que passo a transcrever:

> "Acácio Nobre terá estado hoje, mais uma vez, na reunião de sócios, disfarçado de si próprio, mas como ninguém o conhece, ninguém poderá, com certeza, reconhecê-lo [...]. No entanto, foram vários os que afirmaram ter reparado numa corrente de relógio em tudo semelhante à que costuma trazer pendurada [...]."

> "Ao que parece, Nobre traz sempre uma corrente de relógio no seu bolso, não com um relógio mas com uma joia que 'faz', e estou mais uma vez a citar, 'as delícias mais íntimas das mulheres'. É portanto possível que o suspeito se encontre na cidade."

---

19 A lista de autores portugueses censurados até à data era extensa, contemplando autores como Miguel Torga, António Botto, Raúl Leal, Judith Teixeira, entre outros.

ESPÓLIO AN/0006

Fac-símile e transcrição de rascunho de carta de António Nobre dirigida a João Franco.

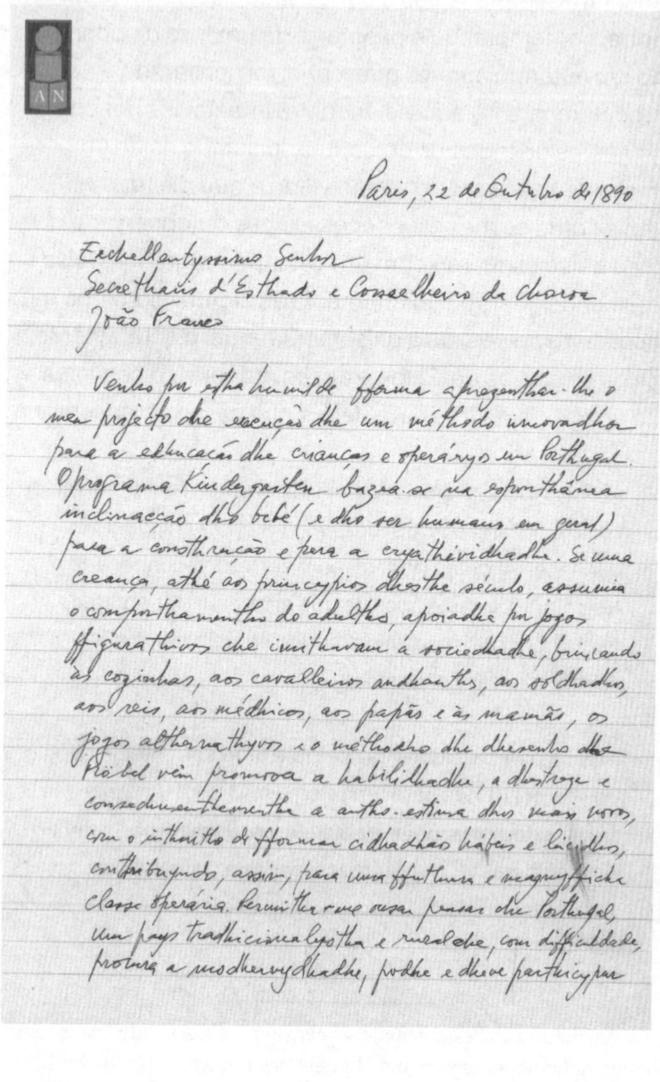

Paris, 22 de Outubro de 1890

Exchellentyssimo Senhor
Secrethario d'Esthado e Conselheiro da Chorôa
João Franco

Venho por estha humilde fforma apresenthar-lhe o meu projecto dhe execução dhe um méthodo innovadhor para a educação dhe crianças e operáryos em Porthugal. O programa Kindergarten baseia-se na esponthânea inclinacção dho bebé (e dho ser humano em geral) para a consthrução e para a cryathividhadhe. Se uma creança, athé aos princypios dhesthe século, assumia o comporthamentho do adultho, apoiadho por jogos ffigurathivos che imithavam a sociedhadhe, brincando às cozinhas, aos cavalleiros andhanthes, aos soldhados, aos reis, aos médhicos, aos papás e às mamãs, os jogos altheranathyvos e o methodho dhe dhesenho dhe Fröbel vêm promover a habilidhadhe, a dhestreza e conseqhuenthementhe a autho-estima dhos mais novos, com o inthuitho de fformar cidhadhãos hábeis e lúcidhos, conthribuyndo, assim, para uma ffuthura e magnyffica classe operária. Permitha-me ousar pensar che Porthugal, um pays tradhicionalystha e rural che, com difficuldade, procura a modhernydhadhe, podhe e dheve particypar

Paris, 22 de outubro de 1890

Excelentíssimo Senhor Secretário d'Estado e Conselheiro da Coroa João Franco,[20]

Venho por esta humilde forma apresentar-lhe o meu projeto de execução de um método inovador para a educação de crianças e operários em Portugal. O programa Kindergarten de Fröbel baseia-se na espontânea inclinação do bebé (e do ser humano em geral) para a construção e para a criatividade. Se uma criança, até aos princípios deste século, assumia o comportamento do adulto, apoiada por jogos figurativos que imitavam a sociedade, brincando às cozinhas, aos cavaleiros andantes, aos soldados, aos reis, aos médicos, aos papás e às mamãs, os jogos alternativos e o método de desenho de Fröbel vêm promover a habilidade, a destreza e consequentemente a autoestima dos mais novos, com o intuito de formar cidadãos hábeis e lúcidos, contribuindo, assim, para uma futura e magnífica classe operária. Permita-me ousar pensar que Portugal, um país tradicionalista e rural que, com dificuldade, procura a modernidade, pode e deve participar[21]

20 João Franco foi uma figura central na política nacional durante décadas. Tornou-se famoso por atacar os partidos monárquicos, formar coligações com os mesmos, apoiar os partidos pró-republicanos, ser antirrepublicano, ditador monárquico, liberal ou conservador de acordo com o sabor dos tempos. Conseguiu ser odiado por todos, com especial destaque pela rainha Dona Amélia, que o responsabilizou pelo assassinato do marido e do filho mais velho, mas a monarquia virou-lhe as costas tarde demais. A 6 de outubro de 1910, Amélia escreveu para que ficasse na história: "Após uma longa luta e muito esforço, a monarquia implantou a República em Portugal."

21 O documento termina aqui.

ESPÓLIO AN/0046

Fac-símile e transcrição de rascunho de carta de Acácio Nobre dirigida a João Franco.

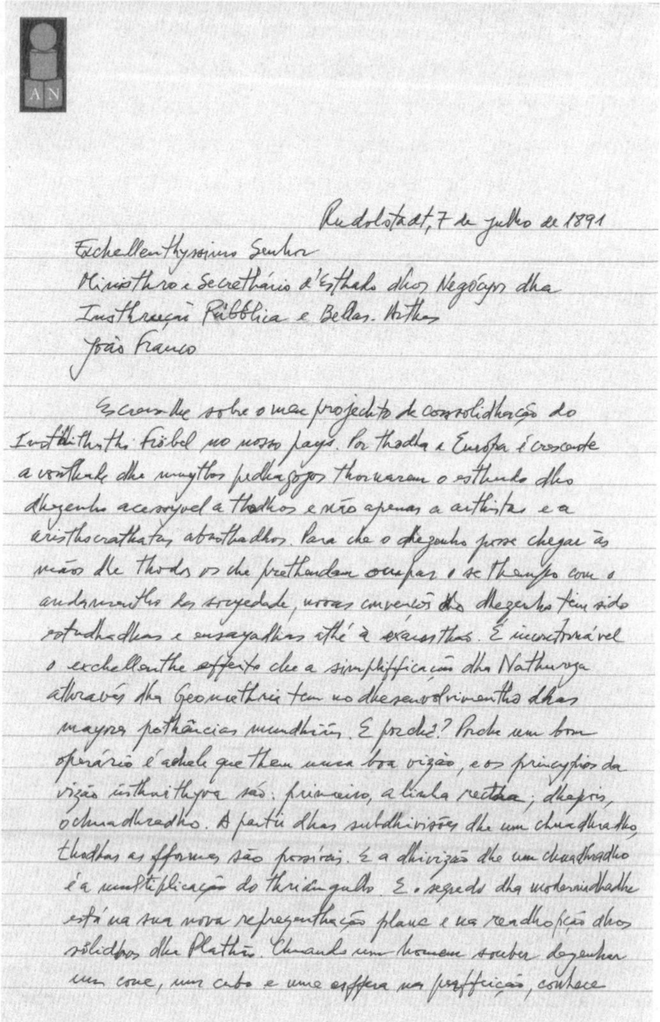

Rudolstadt, 7 de julho de 1891

Excellenthyssimo Senhor
Ministhro e Secrethário d'Esthado dhos Negócyos dha
Insthrucçã Pública e Bellas-Arthes
João Franco

Escrevo-lhe sobre o meu projecto de consolidhação do Insthithuthu Fröbel no nosso pays. Por thodha a Europa é crescente a vonthade dhe muytos pedhagogos thornarem o esthudo dhos dhezenhos acessyvel a thodhos e não apenas a arthistas e a aristhocrathas abasthadhos. Para che o dhezenho posse chegar às mãos dhe thodos os che prethendam ocupar o seu thempo com o andamentho da socyedade, novas conversões dho dhezenho tem sido estudhadhas e ensayadhas athé à exausthão. É inconthornável o exchellenthe efferto che a simplifficação dha Nathureza athravés dha Geomethria tem no dhesenvolvimentho dhas mayores pothências mundhiaes. E porchê? Porche um bom operário é achele que them uma boa vizão, e os princypios da vizão insthinthyva são: primeiro, a linha rectha; dhepois, o chuadhradho. A partir dhas subdhivisões dhe um chuadhradho, thodhas as fformas são possíveis. E a dhivizão dhe um chuadhradho é a multiplicação do thriângullo. E o segredo dha modernidhadhe está na sua nova representhação plana e na rendhição dhos sólidhos dhe Plathão. Chuando um homem souber dezenhar um cone, um cubo e uma esffera na perffeição, conhece

Rudolstadt, 7 de julho de 1891

Excelentíssimo Senhor Ministro e Secretário d'Estado dos Negócios da Instrucão Pública e Belas-Artes João Franco,

Escrevo-lhe sobre o meu projeto de consolidação do Instituto Fröbel no nosso país. Por toda a Europa é crescente a vontade de muitos pedagogos tornarem o estudo do desenho acessível a todos e não apenas a artistas e a aristocratas abastados. Para que o desenho possa chegar às mãos de todos os que pretendam ocupar o seu tempo com o andamento da sociedade, novas convenções do desenho têm sido estudadas e ensaiadas até à exaustão. É incontornável o excelente efeito que a simplificação da Natureza através da Geometria tem no desenvolvimento das maiores potências mundiais. E porquê? Porque um bom operário é aquele que tem uma boa visão, e os princípios da visão intuitiva são: primeiro, a linha reta; depois, o quadrado. A partir das subdivisões de um quadrado, todas as formas são possíveis. E a divisão de um quadrado é a multiplicação do triângulo. E o segredo da modernidade está na sua nova representação plana e na readoção dos sólidos de Platão. Quando um homem souber desenhar um cone, um cubo e uma esfera na perfeição,[22] conhece[23]

22 É sabido que nem o cone nem a esfera fazem parte dos sólidos de Platão e sim o tetraedro, o octaedro, o dodecaedro e o icosaedro. No entanto, quando Acácio se refere aos três sólidos seguintes – o cone, o cubo e a esfera – refere-se aos três principais sólidos da caixa de instrução de Fröbel, com os quais poderia aprender a desenhar todas as outras formas, incluindo os sólidos de Platão.

23 O documento termina aqui.

ESPÓLIO AN/0005A/B

Estojo com 4 Compassos Richter & Co., minas e vários utensílios utilizados por Acácio Nobre.

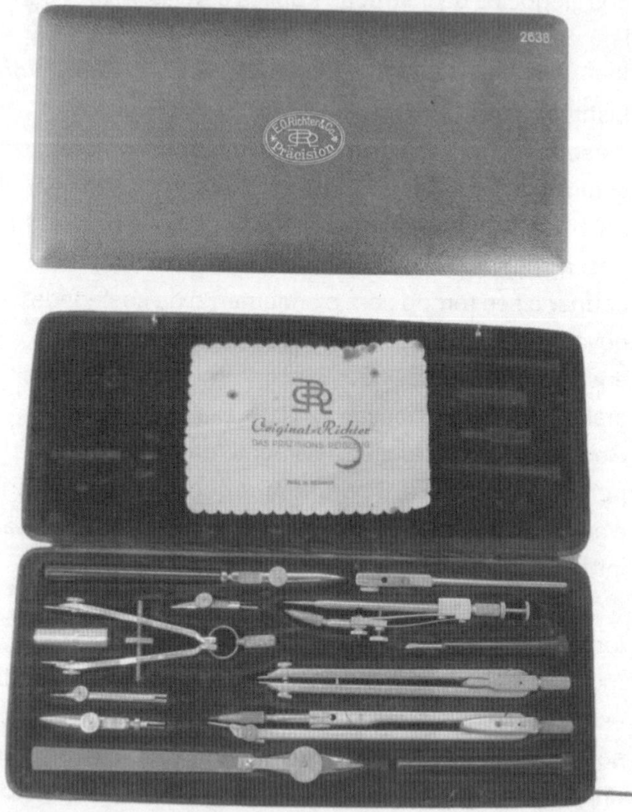

ESPÓLIO AN/0003

Puzzle de Pythagoras de Richter & Co. datado de 1891-1892.[24]

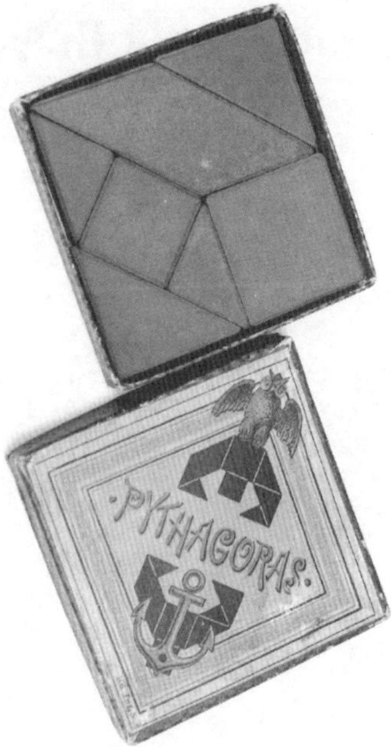

24 Richter & Co. foi a representante das caixas Kindergarten de Fröbel em toda a Europa e líder mundial na venda de puzzles geométricos. Acácio Nobre foi um dos seus mais ativos colaboradores durante mais de 25 anos. O Puzzle de Pythagoras, n.º 12 da coleção Richter & Co., era constituído por 8 peças em areia de quartzo, com as quais se podia construir 197 figuras diferentes. Era inspirado no tangrama e foi distribuído pela primeira vez na década de 90 do século XIX durante os primeiros anos de Acácio Nobre na Richter & Co., não só como desenhador mas como coordenador das campanhas publicitárias da empresa, inventando alguns dos seus mais emblemáticos *slogans*. Este puzzle da Richter foi anunciado como sendo o remédio indicado para "expelir a dor" (Dr. Richter's "anchor pain expeller"), afirmando que "curar o reumatismo, dizem médicos e pacientes, tem sido um puzzle mais difícil do que qualquer outro feito com as nossas pequeninas peças de quartzo".

ESPÓLIO AN/0003B

Fac-símile de anúncio de jornal de 1899.[25]

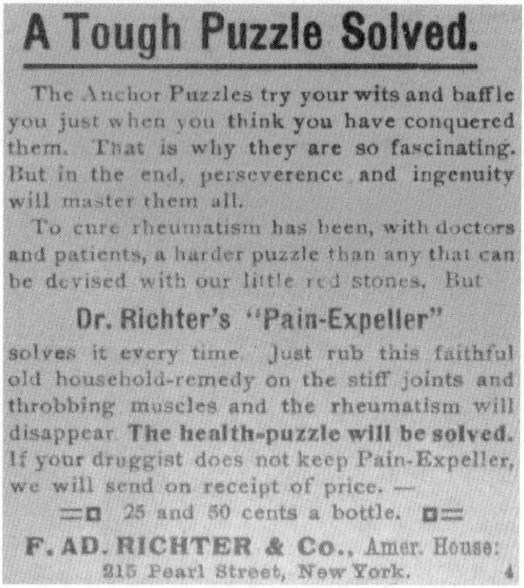

A Tough Puzzle Solved.
The Anchor Puzzles try your wits and baffle you just when you think you have conquered them. That is why they are so fascinating. But in the end, perseverence and ingenuity will master them all.
To cure rheumatism has been, with doctors and patients, a harder puzzle than any that can be devised with our little red stones. But
Dr. Richter's "Pain-Expeller"
solves it every time. Just rub this faithful old household-remedy on the stiff joints and throbbing muscles and the rheumatism will disappear. The health-puzzle will be solved.
If your druggist does not keep Pain-Expeller, we will send on receipt of price. —
25 and 50 cents a bottle.
F. AD. RICHTER & Co., Amer. House:
215 Pearl Street, New York.
4

25 Esta é uma possível tradução para português do alemão de Acácio Nobre do anúncio da Richter & Co. que aqui se apresenta em inglês:
"A solução para um quebra-cabeças
Os puzzles Anchor desafiam-no e despistam-no mesmo quando pensa que já encontrou a solução.
É por isso que são tão fascinantes. Só a perseverança e o engenho permitem a mestria nestes jogos.
A cura para o reumatismo, dizem os médicos e até muitos pacientes, é um puzzle bem mais difícil de conceber do que qualquer uma das formas que pode criar com as nossas pequenas peças de tijolo. Mas este elixir da dor do Doutor Richter é a solução para qualquer quebra-cabeças (ou quebra-corpos!)
Esfregue este remédio caseiro nas suas articulações mais ferrugentas ou nos músculos mais doridos e (até) o puzzle do reumatismo tem solução."

ESPÓLIO AN/0004

Tangrama, colecão particular de Alva.[26]

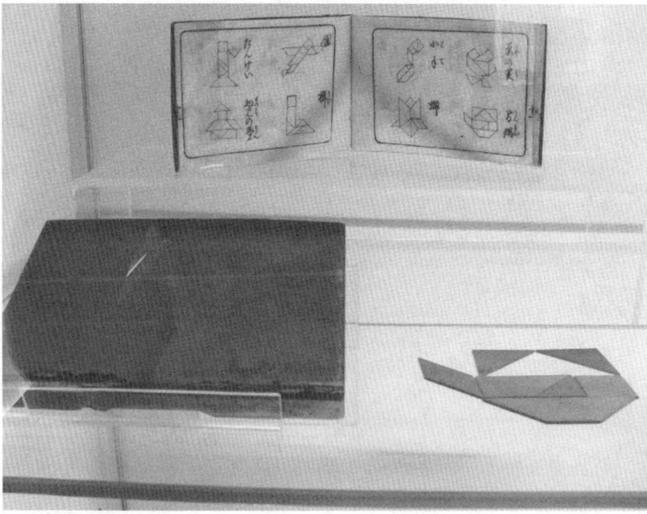

26 Sete peças triangulares em areia de quartzo, óleo de linhaça e azeite constituíam o primeiro tangrama comercializado fora do Oriente. "Com estes elementos pode construir-se qualquer forma da natureza", garantia o anúncio da Richter & Co. Pai de todos os puzzles, este jogo chinês foi trazido para a Europa em 1817 por Damásio Nobre, avô de Acácio, e levado para a América do Norte pelo Von Gonidor, capitão do mesmo barco em que Damásio navegava. O capitão adquiriu um tangrama trabalhado em marfim. O avô de Acácio, na época caçador de baleias, adquiriu um em madeira. O primeiro viajou até as Américas e foi oferecido a uma aristocrata americana de Filadélfia, o segundo chegou aos Açores e foi oferecido ao futuro pai de Acácio Nobre. Em 1818 o tangrama era já o maior sucesso de vendas de Richter & Co.

ESPÓLIO AN/4408 VOLEISCÓPIO[27]

Jogo de voleibol para dois, feito a partir de um osciloscópio militar Heathkit o-8 e dois Kraft-Style pré-joy sticks. Datado de 1928.

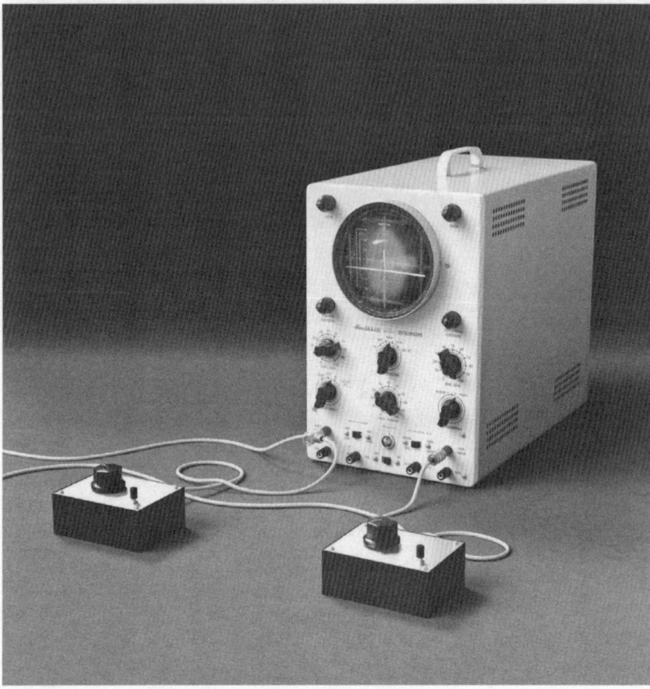

27 Este jogo foi apresentado no mesmo Encontro Internacional de fazedores de puzzles de Florença onde Nobre apresentara, dez anos antes, o seu maior sucesso, o puzzle ovoide. Mas, desta vez, este jogo eletrónico para dois, apesar de brilhante, nunca chegou a ser comercializado. Pesava 85 kg, era muito difícil de transportar e não era acessível financeiramente. A rejeição desta sua ideia marcou o declínio de Acácio. Vinte anos mais tarde, William Higginbotham apresentou um jogo de tênis muito semelhante, que é hoje, oficialmente, o pai dos jogos de computador.

Puzzle ovoide em madeira, protótipo de 1918[28] em exposição na sala principal da Biblioteca Lilly da Universidade de Indianápolis, EUA, desde 2013, acompanhado do puzzle-rebarba de 9 peças em marfim de ca.1820 e da carinhosamente apelidada de "pera mecânica", um puzzle que se desmonta em 13 frutas diferentes e nenhuma delas é uma maçã.

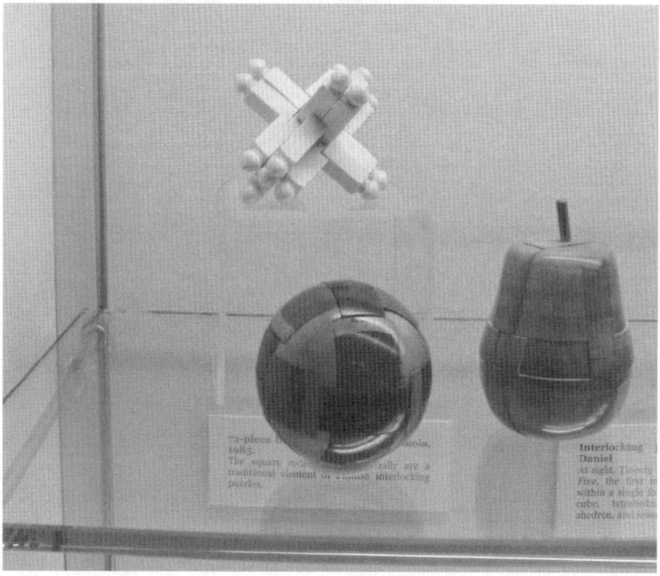

28 Primeiro brinquedo concebido para Richter & Co. por Acácio Nobre: um ovo de Colombo que se desfaz em mais de 100 peças e que, em combinações várias, permite construir um s(c)em-número de aves, tal como anunciava a sua campanha de comercialização.

ESPÓLIO AN/00056B

Caixa de Anchor Puzzle da Richter & Co. onde se vê impressa, no fundo da caixa, uma lista que refere o puzzle ovoide de Acácio Nobre como jogo n.º 16 e com o qual se podem resolver 106 problemas matemáticos distintos (1927).

ESPÓLIO AN/0087

Fac-símile de um dos lados de um guardanapo com apontamentos de Acácio Nobre escritos a lápis seguido de transcrição completa.

Transcrição de lista de afazeres de Acácio Nobre:

– Reescrever folheto promoção.

– Dar entrada de puzzle 3 na máquina 12.

– Comprar agulhas.

– Escrever a Alva.

– Não esquecer visitar Albert E.

– Terminar carta para Secretário d'Estado que pode começar assim:

> Em junho de 1729 Jonathan Swift escrevia:
> "É muito fácil reconhecer um gênio, todos os estúpidos se reúnem contra ele."[29]

29 Paráfrase da famosa citação de Jonathan Swift: "When a true genius appears, you can know him by this sign: that all the dunces are in a confederacy against him." *In Thoughts on various subjects, Miscellanies* (1711-1726).

ESPÓLIO AN/0088

Transcrição da carta para o Secretário de Estado referida no espólio anterior. O estado do manuscrito não permitiu a sua reprodução.

Mas acredite-me, Excelentíssimo Senhor Secretário d'Estado, que estúpidos é o que nós os dois não somos. Ambos sabemos que o progresso se faz na modificação das convenções, que a pior ameaça é o congelamento das ideias, que a paralisia, frente à mudança, é fatal.

Desde 1877 que existem escolas frobelianas em Moscovo, Kiev, Riga, São Petersburgo e até no Japão. Só com uma infância educada de acordo com novos e transgressores critérios será possível produzir uma mudança relevante na sociedade do próximo século. Tenho consciência de que o que lhe estou a pedir é radical, mas aceite o meu desafio de cortar com todos os conceitos anteriores e abrace com todas as suas forças o desconhecido. Confio que sabe tão bem como eu que a revolução é a substituição das elites.

Não se destrói uma monarquia depondo apenas o rei. A verdadeira revolução é a das mentalidades.[30] O que lhe estou, de facto, a pedir, Exmo. Sr. Secretário d'Estado, é que maximize a exposição do país ao efeito do cisne

30 No final do século XIX, a Europa dividia-se entre os governos que abraçavam o estudo do desenho – e, sem querer, inventavam a modernidade a partir das leis mais básicas da competitividade, e os governos que proibiam os Kindergarten com medo do *livre-pensamento*. A Revolução Industrial abria a porta para a simplificação geométrica do corpo e para o estudo da cor através das leis dos padrões e dos contrastes. O momento de rutura com os modelos de educação vigentes e o momento do início das vanguardas.

negro[31] e à transação do conhecimento e do que ainda não se conhece, multiplicando a probabilidade de eventos serendipitosos nas novas gerações.

Eu confesso-lhe que viajo sempre sem mala;[32] e sabe porquê? Porque nunca uso nada duas vezes mas também

---

31 Teoria do Cisne Negro em poucas palavras: Todos os cisnes são brancos até ao momento em que um (e basta um!) primeiro cisne negro apareça. Isto é, tudo é (ou pode ser) como é, até prova em contrário.

32 Acácio Nobre tinha este hábito de viajar sem mala, mas levava sempre consigo um pequeno bloco de notas e, desde 1901, um fonógrafo (nada portátil) com o qual gravava todos os sons de todos os quartos de hotel por onde passava. O seu objetivo era nunca chegar a casa e, para tal, nunca levava nada que o pudesse fazer sentir-se demasiado confortável num sítio novo. Algumas das suas gravações foram compiladas num projeto intitulado "AudioMenus no Chiado" apresentado em 2009 pela Associação Cultural Prado no Museu do Chiado como parte integrante do Festival Temps d'images. Acácio Nobre estava convicto de que para mudar o mundo não era necessário tocar-lhe na sua carne, mas sim no seu som, na ressonância que todos nós produzimos no mundo, no efeito das nossas vibrações em todos os objetos e em todos os outros "ocupantes terrestres": "É o eco provocado em todos nós, recetores passivos ou ativos, o que altera o percurso das nossas vidas" (aquilo a que Acácio chamava "o decurso"). Acácio Nobre era um apaixonado pelo som subliminar e pela ressonância magnética que cada espaço imprime em cada um de nós e com a nossa respetiva interseção com o Universo. Acácio Nobre era especialmente sensível aos níveis de ruído aceitáveis pela sociedade no seu espaço público e a forma como o ambiente sonoro influenciava a arquitetura e lhe conferia uma nova identidade.

"Se tocarmos música ao vivo na Brazileira e se não tocarmos música nenhuma, será a Brazileira o mesmo café?", questionava-se Acácio. "E se pudéssemos ter uma banda de jazz a tocar sempre que se quisesse, mesmo quando lá não está, não alteraríamos para sempre a Brazileira? Não alteraríamos para sempre o resultado dos encontros que ali se dão? Ou mesmo o sabor do café que lá se serve, com ou sem açúcar?" Segundo Alva, Acácio Nobre tinha por hábito, que exercia com frequência, manter-se horas absolutamente imóvel dentro de uma sala para ficar a saber o que era a sala (ou seja, o que se ouvia) quando ele lá não estava.

nunca deito nada fora. Mantenho uma constante necessidade do novo e por isso troco de nome, troco de realidade, troco de mundo, troco de vida, troco de linguagem, troco de cultura, troco de trocas, troco de mudança, ponho a terceira[33] e sigo em frente como quem não vai para mais lado algum. Chego aos sítios como se fosse um imprevisto e nunca regresso com o mesmo fato vestido. Nunca chego a casa, pois sei que um lar é coisa que nunca encontraremos. Más regresso como novo e depois recomeço, noutra direção ou enveredando pela mesma como se fosse a primeira vez; troco de modernolatria e de modernolatria e de modernolatria até nada não poder ser nada, mas sim outra coisa qualquer.

Excelentíssimo Senhor Secretário d' Estado, peco-lhe que conduza o país para o recomendável desconhecido evitando que este siga a sua História linear.

A influência que podemos exercer no mundo repercute-se por caminhos insondáveis.

Somos todos uma evidência da mecânica celestial, somos todos o tal cisne negro. O conhecimento que temos tem limites. E por isso o que não se conhece é muito mais relevante do que o que se possa vir a conhecer.

---

33 Na época só existia uma mudança; a referência a uma terceira é um toque de excentricidade de Acácio Nobre, referência, essa, pela primeira vez mencionada no seu primeiro livro de ficção científica em 1902: *Memórias de Um Androide que Sonha com Mosquitos Elétricos*. Em março de 1907, no primeiro ano da ditadura de João Franco, o livro foi censurado e destruído quase na sua totalidade, perante o silêncio e a cumplicidade da comunidade artística, intelectual e estudantil portuguesa.

Neste romance, Nobre prevê o domínio da imagem do corpo sobre a razão do mesmo e faz as suas primeiras reflexões sobre os efeitos perniciosos da velocidade, incluindo os efeitos colaterais do teletransporte que, de acordo com Nobre, estaria para breve.

Seja para esta nação o seu terceiro corpo.[34] O que faz a diferença, porque interfere de forma minúscula na sociedade.

Seja a perturbação mínima no sistema que produzira uma mudança radical.

E seja rápido!

A massiva presença social da imagem na nossa sociedade é já inevitável desde a invenção da cromolitografia.

A imagem está em todo o lado.

A representação da natureza está em todo o lado.

Mesmo que feche os olhos, continuará a vê-la, fixa no seu inconsciente,[35] como uma fotografia.

Os álbuns de recortes pessoais não são mais "sepulturas" de madeixas de cabelo e de flores prensadas e sim caixas de sonhos, abstrações do espírito, do corpo, das almas e de todas as possibilidades de mundos paralelos.

Acordo bem cedo de manhã e anoto com rigor todos os locais que visito enquanto durmo. Com o tempo, tornei-me num hábil manipulador do meu mundo interior e organizo pequenas reflexões filosóficas e pequenas frases para ler antes de adormecer e de me conduzir a determinados países no meu pensamento.

---

34 Henri Poincaré, um matemático aristocrata do século XIX, não corrigia os erros ortográficos dos seus textos por considerar tal tarefa uma perda de tempo. Autor da reescrita da teoria do terceiro corpo, que deu mais tarde origem à teoria do caos (a superestrela das teorias negras que ficou popular com a famosa imagem da borboleta que bate as asas na América e causa um furacão no Japão).

35 É de salientar que as teorias sobre o inconsciente são muito recentes nesta época e consideradas absolutamente revolucionárias.

ESPÓLIO AN/0041

Fragmentos fac-similados. Álbuns de Esboços de Acácio Nobre enquanto jovem adulto (datado de 1885). Reprodução nas pp. 43 a 48.[36]

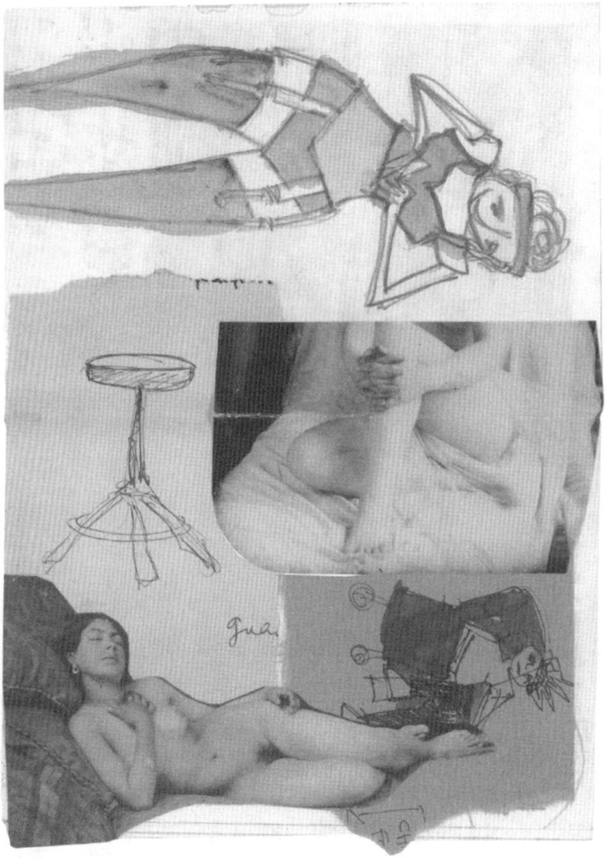

36 Este é o único álbum de esboços de Acácio Nobre que se conhece, intacto, da primeira à última folha. Nele pode ler-se um verdadeiro prognóstico do que se irá passar nas artes plásticas nas três décadas seguintes.

Técnicas utilizadas: colagem, picotado, bordado, desenho, entrelaçado, tecidos, recortes de papel, dobragem, estruturas de pontos, modelagem, palavras coladas em liberdade, em variações em série, em variações-surpresa, repetição de modelos, formas e geometrias. Um ou dois efeitos óticos, receitas, páginas de livros de contas, guardanapos de papel do café, invólucros de cigarrilhas, bilhetes de elétrico. Técnicas distintas do artista moderno. Composições quase cubistas e geometrias desconcertantes.

45

ESPÓLIO AN/0019

Transcrição que relata a conversa entre Acácio Nobre e Fernando Pessoa na esplanada[37] da Brazileira.[38] Fragmento do Relatório da PGICS 1234/7/9/1 1922.

FP: ... sentimento e vontade exigem tempo e espaço mas o pensamento em si está fora do tempo e do espaço...

AN: Qualquer número é divisível pelo infinito, o infinito dividido pelo finito dá um.

FP: Qualquer coisa multiplicada pelo infinito é sempre infinito.

AN: O ABSOLUTO. É através do pensamento abstrato que nos aproximamos do tipo absoluto de inteligência, que podemos ouvir as cores que pretendemos pintar ou as palavras que pretendemos escrever... O absoluto é a porta para a sinestesia...

---

37 Note-se que a esplanada do café A Brazileira só abriu nos anos 80. Há no entanto relatos de transeuntes e fregueses do café que confirmam que Acácio Nobre e Fernando Pessoa arrastavam, não raras vezes, duas pesadas cadeiras do café até ao passeio da Rua Garrett pelas 18h30 de algumas (bastantes) sextas-feiras e por ali terminavam as suas semanas de ofício em tempos de verão, bebendo café com açúcar, caso Acácio Nobre se encontrasse na cidade. Havia quem chamasse a este terraço improvisado a Copacabana do Tejo. Por vezes Acácio e Pessoa, em conversas mais alargadas, arrastavam as cadeiras até ao largo das duas igrejas, já a fazer esquina com a Rua do Alecrim e contemplavam o Mar da Palha, que, prateando-se com o pôr do sol, confirmava a estes dois quase estrangeiros a beleza inigualável de Lisboa.

38 Desta conversa, pensa-se, nasceu um poema de Pessoa e o projeto de reurbanização do Chiado de Nobre, que não chegaram a ser publicados ou realizados em vida dos seus autores. Fragmentos desta conversa podem ser ouvidos no projeto "AudioMenus Chiado", apresentado em 2009 no Museu do Chiado, inserido no programa do Festival Temps d'images.

FP: O pensamento é o que de mais absoluto em nós há...

AN: Conceber fortemente uma coisa é criá-la. É escrevê-la, é pintá-la.

FP: Pensando-se, Deus fez nascer as ideias de tempo e de espaço.

AN: Deus, se fosse absoluto, não existia, Deus é Deus porque não existe.

FP: Todo o raciocínio está de acordo com a realidade, se alguma coisa é, existe! [39]

---

39 Preocupado com o efeito *boomerang* num mundo cada vez mais acelerado, e sinceramente alarmado com aquilo em que poderia tornar-se o Chiado num futuro próximo, lugar por excelência de reflexão e atividade artística, Acácio sentiu a necessidade de pensar num programa de reconstrução para evitar uma possível catástrofe no centro social de Lisboa. Para tal Nobre idealizou um plano de alteração sonora do Chiado, intrometendo-se ruidosamente nas escolhas urbanísticas deste bairro. "Nunca preferir cerveja a absinto" — reclamava Acácio como condição inevitável para manter a alma vanguardista do Chiado.

Pensa-se ainda que Acácio Nobre desenvolveu este projeto urbanístico do Chiado com o objetivo máximo de atingir o pensamento absoluto. O objetivo era provar que certos tipos de arquitetura influenciam fisicamente a forma de pensar dos que por ela passam e, consequentemente, transformam as vibrações que os transeuntes produzem, com as quais contaminam o espaço e o ar que eles próprios respiram, ar esse que, ao ser respirado por outro que não aquele que produziu tais alterações, lhe altera o padrão do seu pensamento absoluto inicial... ou seja, uma vibração em cadeia, fantástica e perigosa, como convém ao processamento de um dia após o outro. "Só o som se desloca com a mesma liberdade que o ar, sem fronteiras geográficas ou temporais, o ar que respiramos hoje já foi respirado por milhares de outras pessoas, o som repete-se, perpetua-se, mantém-se mas também se transforma. A possibilidade de respirar um ar anteriormente respirado por um santo, um herói ou um gênio é inspiradora [...]. Se tudo se reduzir a cinzas, tudo se poderá renovar exatamente como já foi. Sem mudança. "Tudo o que se reedifica das cinzas de grandes monumentos se manterá na sombra dos mesmos." Repare-se na notável proximidade desta frase

ESPÓLIO AN/0039

Fac-símile e transcrição de uma nota escrita a lápis num guardanapo de papel parisiense do café Les Deux Magots – atribuída a Marinetti.

"Une automobile est plus belle que la Victoire de Samotrace."[40]

---

de Pessoa e o conhecido anexim de Hegel: "tudo o que é racional é real e tudo o que é real é racional". Hegel, heterônimo de Pessoa?

40 Frase proferida em conversa entre Acácio Nobre, Marinetti, Sonia Delaunay e Lee Miller no café Les Deux Magots em 1913. Há quem defenda que foi proferida por Acácio, outros que por Marinetti, outros ainda que por Miller. Não seria importante detetar a autoria desta frase se não se sou-

Exemplar numerado das *Memórias de Um Androide que Sonha com Mosquitos Elétricos*[41] com dedicatória na margem da página 33. Em baixo, reprodução da capa.

---

besse que, ao ser proferida por Acácio, esta seria por certo uma frase contemplada com laivos de necessária ironia, enquanto Marinetti a terá dito (e mais tarde escrito) com a maior seriedade. Lee Miller ter-se-ia cingido a um comentário cínico e distante. Soubéramos nós a tempo com que objetivo foi pronunciada esta frase neste famoso e único encontro entre os quatro e poderíamos reescrever a história do futurismo, influenciando assim outros ismos posteriores. O mesmo se poderia dizer em relação à famosa frase dos futuristas: "É necessário introduzir na literatura três elementos que até hoje se desprezaram – o ruído, manifestação dos objetos, o peso, faculdade volátil dos objetos, e o cheiro, faculdade de dispersão dos objetos e [...]." (in *Portugal Futurista*). Acácio Nobre acrescentou, numa nota escrita a lápis num exemplar da revista guardado até aos dias de hoje na biblioteca da Universidade de Coimbra: "o silêncio, e a consequente transformação da palavra em simples som."

41 Livro impresso por Acácio Nobre naquela que é hoje a Oficina do Cego. Este exemplar foi oferecido a Judith Teixeira no dia da sua partida para Amesterdão, a 17 de janeiro de 1954, após esta ter tentado, em vão, contatar Alva. Na introdução desta obra, Acácio Nobre menciona Lao Tsé e demonstra já um entusiasmo pela ciência que se iria tornar num importante tópico de investigação do século XXI. A neurociência será um tema recorrente, estando patente não só na sua obra ficcional como na construção dos seus puzzles mais abstratos. Esta obsessão pelo cérebro dever-se-ia, provavelmente, e em parte, a uma obsessão muito própria do seu tempo pelo inconsciente, tema recentemente descoberto, assim como o fascínio pelos sonhos, tão característico dos movimentos surrealistas. Mais tarde, e após a grave evolução da sua doença crônica provocada por uma lesão cerebral ocorrida na frente de batalha em 1918, o fascínio pela relação entre o que se sente e o que se julga não se sentir mas nos persegue o inconsciente tornou-se uma espécie de tradução da sua luta pessoal contra a dor física, responsável, segundo Acácio, por todas as suas dores intelectuais. A sua primeira e única edição numerada tinha como imagem na folha de rosto uma reprodução livre de uma xilogravura com uma perspetiva de um cérebro de 1543 da autoria de Vesalius, como se fosse um androide.

Memóryas
dhe Um Andhróidhe che Sonha

com

Moschithos Electhrichos

Poema cienthyffico dhe

A. Nobre

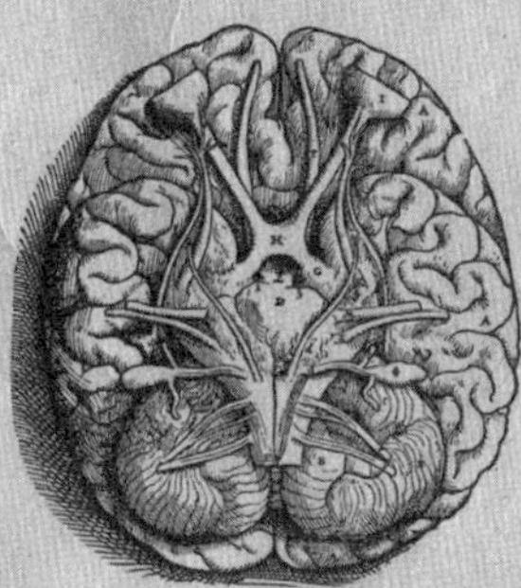

Pariz,

NA LIVRARIA PORThUGUEzA DhE J.P.AILLAUD

Quai Voltaire nr.11,

1902

ESPÓLIO AN/0109

Fac-símile e transcrição de um texto não datado de Acácio Nobre em guardanapo de papel de folha dupla de Les Deux Magots.

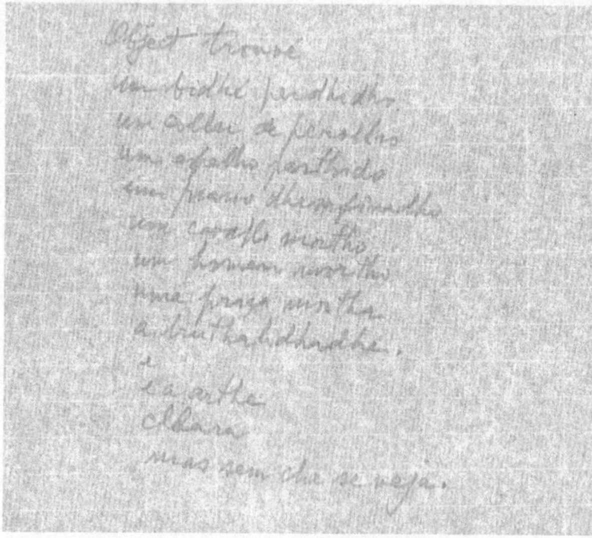

Object trouvé
um bidé perdido
um colar de pérolas
um espelho partido
um piano desafinado
um cavalo morto
um homem morto
uma praça morta
a brutalidade
e
e a arte
clara
mas sem que se veja.

ESPÓLIO AN/0204

Transcrição de nota solta.

"A fotografia[42] do que não se pode ver nem se deve guardar. Esta minha certeza da impossibilidade da fotografia sempre irritou Man Ray. O nosso ódio é mútuo e silencioso."

42 Acácio era avesso a fotografias, não se conhece um único registo fotográfico da sua pessoa a não ser o "autorretrato nu da cintura para baixo", uma provocação que enviou para o ICA (Institute of Contemporary Art em Londres) em 1947 e que foi gentilmente recusada por Penrose, e a possível aparição misteriosa na foto do grupo do espólio de José Pacheko onde, a ter posado, fê-lo claramente fora do contexto.

ESPÓLIO AN/0007

Citação da retirada da página 117 de um exemplar sublinhado da primeira edição da Gallimard de *Diário de Man Ray* (1986).

"Acácio era de uma fotogenia desconcertante, o seu nariz atraía o centro de qualquer fotografia."

ESPÓLIO AN/0008

Citação da retirada de um exemplar sublinhado na página 117 da primeira edição Gallimard de *Diário de Henri Cartier-Bresson* (HCB, 2003).

"Man Ray tinha uma obsessão secreta por fotografar pessoas que não gostavam de ser fotografadas."

ESPÓLIO AN/0076

Transcrição de excerto do relatório 345/07 da PIDE[43] de 17 de janeiro de 1954[44] (Arquivo Nacional da Torre do Tombo).

"Missão cumprida com sucesso. Retratos de Acácio Nobre por Man Ray destruídos ou desaparecidos."

43 De acordo com os registos da PIDE, Acácio nem sempre foi Acácio. Também se chamou Fritz, Edward Said, Antero Q., Naussibaum e Edward Bey. O nome de Acácio Nobre surge entre 1890 e 1918, aparecendo e reaparecendo até 1954, período em que foge de Portugal, é preso em Espanha, desaparece no sul da Alemanha, é dado como morto em Baku para ser reencontrado na Bélgica, vislumbrado em Paris e fechado a sete chaves em Amesterdão num asilo onde se reencontrou e conviveu com a irmã de Van Gogh.

44 À data deste relatório – 17 de janeiro de 1954 – Acácio entra no asilo de Amesterdão, onde ficará 20 anos, nunca deixando de construir jogos geométricos. Desconhece-se eventual ligação entre estes dois eventos simultâneos.

ESPÓLIO AN/0077

Transcrição de 2 excertos do relatório 345/07 da PIDE de 5 de maio de 1968.

"A soma das partes não dá só uma pessoa."

"Acácio é alpinista, monge tibetano, macrobiótico, dandy, conhecedor das religiões pré-colombianas, desenhador de puzzles em madeira e em novos materiais desconhecidos que vão ao forno, tem sotaque mas raramente fala, tem obra enquanto escritor, pintor, orientalista e fotógrafo. Assume-se como louco desvairado mas informado, e suspeita-se que assume vidas alternativas sempre que necessário e de acordo com as vicissitudes das correntes políticas e sociais da geografia onde se encontra. Desconhece-se a sua idade ou certidão de nascimento. Não nasceu em território nacional nem em nenhuma das colônias. Pensa-se que seja de origem suíça (?), filho de pais emigrantes daquilo que é hoje o Reino da Arábia Saudita, e que assina como Acácio Nobre apenas entre 1889 e 1918, data após a qual optou por outros pseudônimos, dependendo do tipo de obra a que se dedica e em que contexto se insere."[45]

---

45 Assim é definido Acácio Nobre pela PIDE em 1968, considerando-o um dos homens mais subversivos e perigosos da sua época (apesar de até hoje se desconhecer qualquer facto histórico que comprove a origem da suspeita sobre a sua atividade criminosa e/ou subversiva, aparte o facto de ter adquirido diferentes nomes ao longo da sua longa vida).

ESPÓLIO AN/0065[46]

Fac-símile e transcrição de cópia em papel químico de rascunho de carta datilografada de Acácio Nobre dirigda a João Franco.

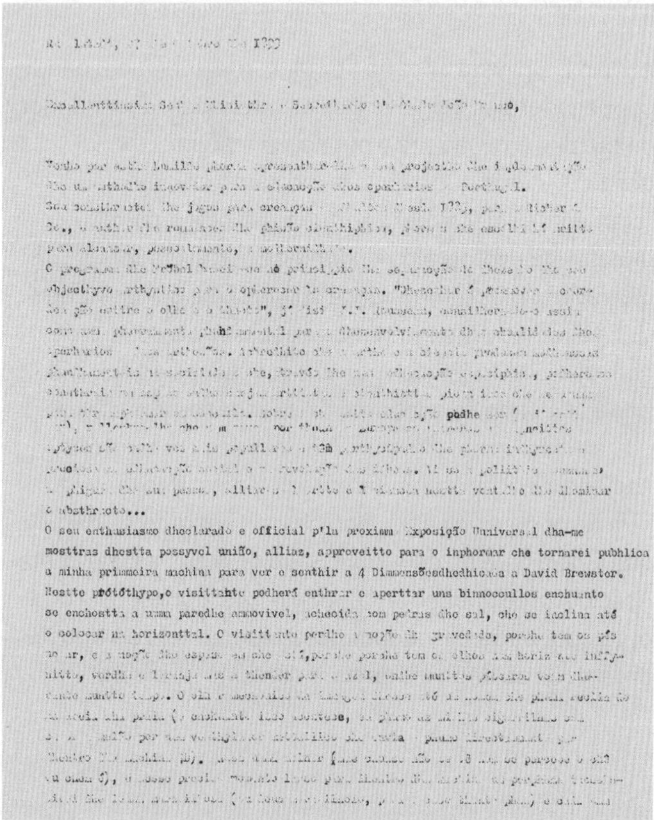
[illegible]

O seu enthusiasmo dheclarado e official p'la proxima [illegible]xposição Universal dha-me mosttras dhestta possyvel união, alliaz, approveitto para o inphormar che tornarei pubhlica a minha primmeira machina para ver e senthir a 4 Dimmensõesdhedhic[illegible]a a David Brewster. Nestte prótóthypo,o visittahte podherá enthrar e aperttar uns binnocoullos enchuanto se enchostt[illegible] a umma paredhe ammovivel, [illegible]cheeid[illegible] com pedras dhe sal, che se inclina até o colocar na horizonttal. O visitt[illegible]nte perdhe [illegible] [illegible]

[illegible]

46 Este é o primeiro rascunho de uma carta datilografada de Acácio Nobre e possivelmente um rascunho de uma carta não terminada e não enviada. Pensa-se que foi escrita por um dos primeiros modelos de uma Remington alemã adquirida pela fábrica de Rudolstadt para os serviços de secretariado da secção de vendas e promoção de puzzles geométricos.

[illegible] visita [illegible] imagina [illegible], [illegible] pelo [illegible]
ou pela [illegible] obrigado a vê-la [illegible]. Este
momento é o momento necessário para se imaginar sem se [illegible], e logo [illegible]
passa em alta velocidade, mas [illegible] não se vê porque o que lhe mostra [illegible]
[illegible] que está e não está, [illegible]
[illegible] os ouvidos [illegible] agora,
[illegible] suspense maravilhoso e muito breve, que não [illegible] enthusiasmo [illegible] saber [illegible] que ninguém sabe [illegible] que
se sabe bem. [illegible] ligeiramente [illegible] movível [illegible]
[illegible], [illegible] o som da respiração [illegible] visitante,
[illegible] vibrações [illegible]. [illegible]
por [illegible] movido pela energia [illegible].
[illegible] ver o que não se pode ver, [illegible]
[illegible] 6 p.m.[illegible].
[illegible].
[illegible] visitante, [illegible]
[illegible] impressões.

Rudolstadt, 27 de outubro de 1899

Excelentíssimo Senhor Ministro e Secretário d'Estado João Franco,

Venho por esta humilde forma apresentar-lhe o meu projeto de execução de um método inovador para a educação dos operários em Portugal.

Sou construtor de jogos para crianças e adultos desde 1885, para a Richter & Co., e autor de romances de ficção científica, formas que escolhi há muito para alcançar, pessoalmente, a modernidade.

O programa Kindergarten de Fröbel baseia-se no princípio da separação do desenho do seu objetivo artístico para o oferecer às crianças. "Desenhar e promover a coordenação entre o olho e o tato", já dizia J. J. Rousseau, considerando-o assim como uma

ferramenta fundamental para o desenvolvimento das qualidades dos operários e dos artesãos. Acredito que a arte e a ciência produzem mudanças fundamentais na sociedade e que, através de uma educação específica, poderemos construir um espaço onde surjam artistas e cientistas pioneiros que se unam para transformar um século. Sobre o que esta educação pode ser (e já está a ser!), relembro-lhe que um pouco por toda a Europa as tendas de efeitos óticos são cada vez mais populares e têm participado de forma indireta e preciosa na educação social e na revolução das ideias. Ai se a política ousasse, na figura de Vossa Excelência, aliar-se à arte e à ciência nesta vontade de dominar o abstrato...

O entusiasmo declarado e oficial de Vossa Excelência pela próxima Exposicão Universal dá-me mostras desta possível união; aliás, aproveito para o informar de que tornarei pública a minha primeira máquina para ver e sentir a 4 dimensões dedicada a David Brewster.[47] Neste protótipo, o visitante poderá entrar e apertar uns binóculos enquanto se encosta a uma parede amovível, aquecida com pedras de sal, que se inclina até o colocar na horizontal. O visitante perde a noção da gravidade, porque tem os pés no ar, e a noção do espaço em que está, porque tem os olhos num horizonte infinito, verde e laranja mas a tender para o azul, onde muitos pássaros voam durante muito tempo. O olhar mecânico da imagem desce até um homem que fuma reclinado na areia da praia (e enquanto isso acontece, eu fumo as minhas cigarrilhas com sabor a melão por um ventilador metálico que envia o fumo diretamente para dentro da máquina 4D).[48] Passa uma mulher (mas quase não se vê nem se

---

47 Acácio Nobre costumava afirmar, com orgulho, ter nascido no ano e no dia da morte de David Brewster (1781-1868), o homem do primeiro estereoscópio, da polarização da luz, das primeiras imagens em relevo e do primeiro caleidoscópio. Foi ainda pioneiro na construção de estereoscópios, invenção hoje atribuída a Charles Wheatstone (1802-1875). No entanto, no decurso da nossa investigação encontramos o registo do nascimento de um Acácio Nobre nascido de facto a 10 de fevereiro, mas em 1869 e não 1868, como sempre afirmara Nobre. Tudo indica que Acácio Nobre se possa ter enganado sobre a data do falecimento de David Brewster ou mesmo mentido sobre a sua data de nascimento. Fascinado, por um lado, como parece ter sido, por uma época que não conseguiu saborear em pleno, desencantado com o século no qual mais longamente se deteve, e tendo, por outro lado, e até ao final dos seus dias, confraternizado com gerações sempre mais jovens do que a dele, é ainda possível que Acácio Nobre mantivesse intencionalmente o mistério sobre a sua idade.

48 Junto aos rascunhos desta maquina 4D encontravam-se ainda as seguintes deixas em relação ao final: "Fim: Rita sobre luz de público e desce/aplausos + encore; As estrelas não saem; Quando se levantam – manter aplausos + encore/público" (Não nos foi possível encontrar informação conclusiva acerca da identidade de Rita...)

percebe o quê ou quem é), e nesse preciso momento lanço para dentro da máquina um perfume inesquecível de deusa maravilhosa (ou deus maravilhoso, para o caso tanto faz) e cada um dos visitantes imagina a sua musa ou o seu muso, sem ter de passar pelo fardo ou pela inconveniência de ser obrigado a vê-la/o à semelhança da minha imagem. Este momento é o momento necessário para se imaginar sem se distrair, e logo um comboio passa em alta velocidade, mas quase não se vê porque o que lhe mostro equivale a duas frames de um comboio que está e não está, e a chinfrineira que crio com as minhas máquinas auditivas entorpece-lhe os ouvidos e assusta os que aguardam lá fora, criando um suspense maravilhoso e muito breve, que não dá pistas algumas mas entusiasma e combina com o sabor do chazinho que ninguém sabe a que sabor sabe[49] mas que se sabe que sabe bem. Alva agita ligeiramente a parede amovível e Chladni[50] encontra-se atrás dela com um captómetro, procurando alcançar o som da respiração do

49 Este chazinho é muito provavelmente o famoso chá Masala Latte, uma tisana acaciana feita com especiarias indianas e leite de cabra. Com os anos, e o hábito, todos os cafés de Paris, de Rudolstadt e, mais tarde, de Lisboa, mantinham guardado a sete chaves, e numa vitrina própria por baixo do balcão, um serviço de chá para uso exclusivo de Acácio Nobre. Era uma honra servir tal cliente. Dizia-se que quem partilhasse com ele este chá garantia uma noite mais vertiginosa do que com qualquer copo de absinto.

50 Quando Acácio se refere a Chladni, refere-se a Chladni, o neto. O avô, Friedrich Chladni (1756-1827), foi um físico alemão, professor em Breslau e fundador das ciências meteoríticas. Publicou um tratado de acústica que acabou por influenciar as artes plásticas e converteu pela primeira vez uma vibração sonora em desenho. Teve dois filhos, que por sua vez tiveram três cada um, sendo o mais novo surdo e grande amigo de infância de Acácio.

visitante, traduzindo o seu ritmo cardíaco em vibrações sonoras. Uma curva gráfica produzida por um lápis movido pela energia do som desenha mais um pássaro.

Quando parece que se vai ver o que não se pode ver, o encontro frente a frente entre o visitante e o pássaro é fatal.

Tudo para.

Retiramos os binóculos ao visitante, atiramos-lhe com muita luz para a cara e gravamos as suas primeiras impressões.

ESPÓLIO AN/0098

Transcrição de carta manuscrita de um admirador.[51]

Chicago, 2 de março de 1933

Caro Acácio Nobre,

Permita-me congratulá-lo pela sua invenção que só agora tive oportunidade de apreciar.[52]

Se atingir os objetivos a que se propõe com esta máquina, um dia poder-se-á não só recriar a imagem do homem mas o próprio homem e consequentemente o mundo que o rodeia. Seria um milagre e por certo quando se atingir esse fenómeno, a relatividade da minha equação não mais fará sentido! O Acácio é um verdadeiro Da Vinci português! O que faz escondido a viver numa aldeola tão recôndita do planeta, que nem sequer um caminho de ferro tem? No final do mês

conto chegar a Antuérpia e passar uns tempos em Le Coq sur Mer. Junte-se a mim se tiver disponibilidade. Podemos dar grandes passeios juntos e discutir todas as possibilidades alternativas para um mundo melhor…

Um seu admirador…
E.

P. S.: Ainda tenho o seu puzzle ovoide com que brinquei toda a minha infância… As suas invenções sempre envolveram pássaros. Já pensou nisso?

---

51 As más condições de conservação do documento impediram a sua reprodução.

52 É possível que esta carta se refira à invenção da máquina 4D de 1893 e cujos esboços estão até hoje guardados nos Arquivos da Universidade de Chicago.

ESPÓLIO AN/0012

Chávena de chá sem conjunto, possivelmente pertencente a serviço de chá de Acácio Nobre.[53]

53 Acompanhando esta chávena encontrava-se um pacotinho de ingredientes para chá Masala Latte embrulhados em papel vegetal rosa: pimenta preta, masala, cardamomo, cravinho e canela. Ao tentar abrir o pacotinho, o mesmo deteriorou-se antes de ser fotografado e devidamente documentado.

ESPÓLIO AN/0011

Transcrição de um excerto de carta em papel do hotel NY, em Paris, com data de 16 de dezembro de 1923.[54]

Transcrição de um excerto:

"A História sempre teve as suas preferências e por isso prefiro esquecê-la enquanto bebo um chazinho."

54 Não está endereçada; possível rascunho para o seu *Diário Retrospectivo*, um diário iniciado durante o seu período no convento em Brecht, na Bélgica, com o objetivo de reescrever a sua História pessoal.

ESPÓLIO AN/0509

Fac-símile de apontamentos soltos seguidos de transcrição.

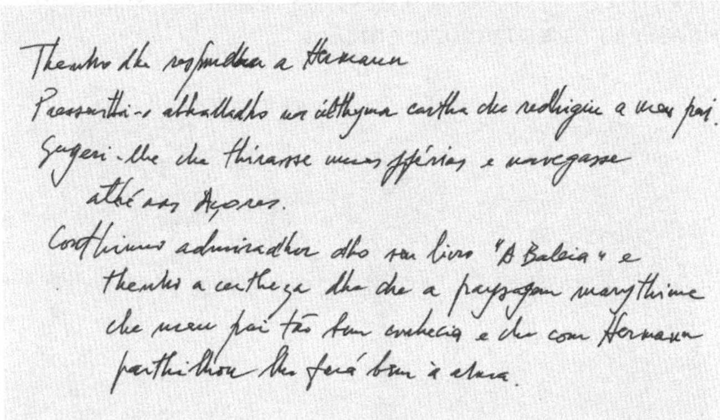
Thenho lhe respondher a Hermann
Pressenthi-o abhalladho na últhyma carthe che redhigiu a meu pai.
Sugeri-lhe che thirasse umas fférias e navegasse
athé aos Açores.
Conthinuo admiradhor dho seu livro "A Baleia" e
thenho a certheza dhe che a paysagem marythima
che meu pai tão bem conhecia e che com Hermann
parthilhou lhe fará bem à alma.

Tenho de responder a Herman.[55]

Pressenti-o abalado na última carta que escreveu a meu pai.

Sugeri-lhe que tirasse umas férias e navegasse até aos Açores.

Continuo fã do seu livro "A Baleia" e tenho a certeza de que a paisagem marítima que meu pai tão bem conhecia e que com Herman partilhou lhe fará bem à alma.

---

55 Acácio refere-se a Herman Melville (1/8/1819-28/9/1891). *Moby Dick* foi pela primeira vez publicado em 1851 com o título *A Baleia* e não obteve qualquer sucesso. O pai de Acácio Nobre, segundo cartas do mesmo a seu filho, conheceu Herman Melville em 1841 quando este se encontrava a bordo do navio cargueiro Ocean Titan e se encontrou num porto do Pacífico com a tripulação do baleeiro *Acushnet*, da qual Herman fazia parte. Após a morte de seu pai e por admiração profunda pelo autor das aventuras de *Moby Dick*, Acácio manteve ininterrupta a correspondência com Melville, apesar de nunca se terem conhecido pessoalmente.

ESPÓLIO AN/0034

Exemplar de *Os Lusíadas*, edicão de 1836, impresso na Typographia Rollandianna, encontrado no espólio de Herman Melville após a sua morte em 1891.[56]

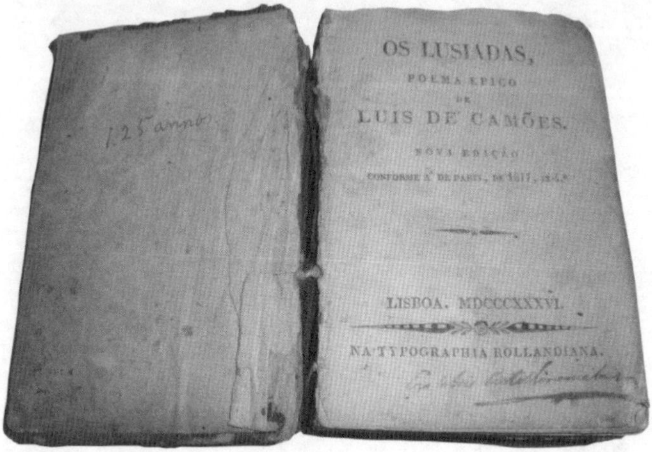

---

56 Na primeira página vislumbra-se ainda uma dedicatória a lápis, possivelmente de Damásio Nobre, avô de Acácio Nobre, que, ao que consta, era um autodidata que sabia ler. Nessa dedicatória pode ler-se: "Para quem gosta de mar e de poesia, atentamente, DN". O rabisco da perninha final do N, em tudo semelhante ao arabesco de Acácio Nobre e a data em que o livro é oferecido, que coloca o avô de Nobre e Herman Melville a viajar pelos mesmos oceanos na mesma altura, fizeram-me deduzir, não sem algum prazer, que as referências literárias camonianas na obra de Melville em muito se devem à linhagem acaciana. Desconhece-se se Herman Melville alguma vez leu este exemplar em português mas a influência de Camões na sua obra é reconhecida em vários comentários acadêmicos sobre a mesma. Para mais informações sobre a leitura de *Melville's Camões* de Andrews Norwood (Bouvier, 1989) ou *Poetry and Madness* ou *The Presence of Camões: Influences on the Literature of England, America and South Africa* (University Press of Kentucky, 1996) de George Monteiro.

ESPÓLIO AN/0090

Fac-símile e transcrição de cópia em papel químico de carta de Acácio Nobre a Sousa Júnior.

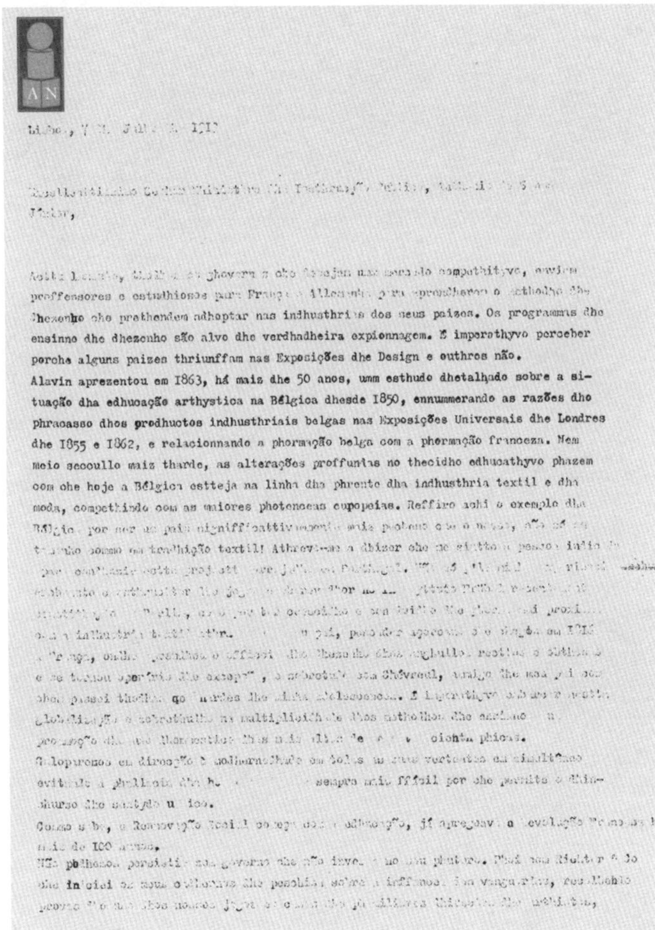

[illegible]

[illegible] Júnior,

[illegible] compethithyvo, enviem proffessores e esthudhiosos para [illegible] o [illegible] dhezenho che prethendem adhoptar nas indhusthrias dos seus paizes. Os programmas dho ensinno dho dhezenho são alvo dhe verdhadheira expionnagem. É imperathyvo perceber porche alguns paizes thriunffam nas Exposições dhe Design e outhros não.
Alavin aprezentou em 1863, há maiz dhe 50 anos, umm esthudo dhetalhado sobre a situação dha edhucação arthystica na Bélgica dhesde 1850, ennummerando as razões dho phracasso dhos prodhuctos indhusthriais belgas nas Exposições Universais dhe Londres dhe 1855 e 1862, e relacionnando a phormação belga com a phormação franceza. Nem meio secoullo maiz tharde, as alterações proffundas no thecidho edhucathyvo phazem com che hoje a Bélgica estteja na linha dha phrente dha indhusthria textil e dha moda, compethindo com as maiores photenceas eupopeias. Reffiro achi o exemplo dha Bélgica por ser um paiz signiffcattivamente maiz [illegible] textil! Athrevo-me a dhizer che [illegible]

[illegible]

71

um esthudo che tem vindo a revelar-se muito perthynente na compreensão dos antecedhentes dhe muitas inovações. Encontro-me nestte mommentho a dhesenvolver umma árvore gennealogyca dha arthe che tem commo objecttyvo primmordhial provar che se o mhundho não brincha e não phixiona, não evollui.

Excelentíssimo Senhor Ministro da Instrução Pública, António de Sousa Junior,

Atualmente, todos os governos que desejam um mercado competitivo, enviam professores e estudiosos para Franca e Alemanha para aprenderem o método de desenho que pretendem adotar nas indústrias dos seus países. Os programas de ensino de desenho são alvo de verdadeira espionagem.

É imperativo perceber por que alguns países triunfam nas Exposições de Design e outros não.

Alavin[57] apresentou em 1863, há mais de 50 anos, um estudo detalhado sobre a situação da educação artística na Bélgica desde 1850, enumerando as razões do fracasso dos produtos industriais belgas nas Exposições Universais de Londres de 1855 e 1862, e relacionando a formação belga com a formação francesa. Nem meio século mais tarde, as alterações profundas no tecido educativo fazem com que hoje a Bélgica esteja na linha da frente da indústria têxtil e da moda, competindo com as maiores potências europeias.

Refiro aqui o exemplo da Bélgica por ser um país significativamente mais pequeno que o nosso, não só em tamanho como em tradição têxtil! Atrevo-me a dizer que me sinto a pessoa indicada para conduzir este projeto arrojado em Portugal. Não só pela minha experiência enquanto construtor de jogos e observador no Instituto Fröbel, recentemente constituído em Berlim, como por ter crescido e convivido de forma mui próxima com a indústria têxtil através do meu pai, pescador açoriano que

57 Não nos foi possível comprovar ou encontrar um registo do documento de 1863 citado por Acácio Nobre.

chegou em 1816 a França, onde aprendeu o ofício dos ângulos retos e obtusos e assim se tornou operário; e sobretudo com Chevreul,[58] amigo de meu pai com quem passei todas as tardes da minha adolescência. É imperativo embarcar nesta globalização dos métodos de ensino e na promoção do uso doméstico das mais altas descobertas científicas.

Galoparemos em direção à modernidade em todas as suas vertentes em simultâneo.

A renovação social começa com a educação, já apregoava a Revolução Francesa há mais de 100 anos.

Não podemos persistir num governo que não investe no seu futuro. Foi com Richter & Co. que iniciei os meus cadernos de pesquisa sobre a infância das vanguardas,[59]

---

58 Eugène Chevreul, químico francês de renome, foi diretor do departamento de tintas da fábrica de tapetes Les Gobelins em Paris, onde o pai de Acácio também trabalhava. Interessado em melhorar o brilho das cores, chegou à conclusão de que o brilho era independente da qualidade química dos corantes, uma ilusão de ótica entre olho e cor. As suas teorias influenciaram indiretamente toda uma geração de pintores. "Para imitar facilmente um modelo é necessário copiá-lo de maneira diferente do que vemos", dizia Chevreul a Nobre, frase que marcou o pequeno Acácio desde a mais tenra idade.

59 Foi com Richter & Co. que Acácio Nobre começou a sua pesquisa sobre a infância das vanguardas, colecionando provas da existência de brinquedos fabricados pela Richter & Co. em casas de familiares de artistas. O seu maior objetivo era provar que "quem não brinca não evolui" através de um estudo pormenorizado dos instrumentos e jogos usados na infância dos mais desafiantes criadores. Acácio Nobre acreditava que uma caixa russa com oito brinquedos de madeira, comercializada em meados do século XIX, teria influenciado Malevich a mergulhar no modernismo que transformara o século XX, que a edição de *The elements of drawing in three letters for beginners*, de 1857, tinha dado origem a 90% do impressionismo francês pela mão de John Ruskin; que os primeiros puzzles geométricos da Richter & Co. em 1880 inspiraram

recolhendo provas do uso dos nossos[60] jogos em casas de familiares diretos de artistas, um estudo que tem vindo a revelar-se muito pertinente na compreensão dos antecedentes de muitas inovações. Encontro-me neste momento a desenvolver uma árvore genealógica da arte que tem como objetivo primordial provar que, se o mundo não brinca e não ficciona, não evolui.

Kandinsky a inventar a abstração entre 1910 e 1913, que uma coleção etnográfica apresentada em Paris inspirara dois dos seus visitantes a iniciar o cubismo.

Que a educação frobeliana de Frank Lloyd Wright convida-nos, mais tarde, a apreciar uma arquitetura moderna e orgânica.

Uma borboleta bate as asas no Japão e...;

Um cisne negro aparece pela primeira vez na Austrália e...;

60 Este "nossos" refere-se a puzzles produzidos pela Richter & Co.

ESPÓLIO AN/0013

Imagem da capa de caderno de rascunhos de projeto de construção de uma árvore genealógica da arte (1954) intitulada "As vanguardas através da infância dos seus criadores".

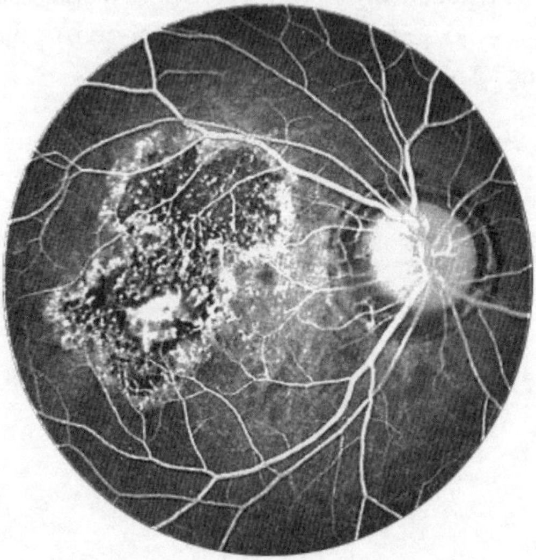

ESPÓLIO AN/0100

Fac-símile e transcrição de carta de Acácio Nobre dirigida a João Franco.

Berlim, 5 dho Phevereiro dho 1908

Excellenthissimho Senhor Presidhente dho Conselho dho Mhinisthros e Secrethario d'Esthado e Gerenthe dha pasta dho Reino João Franco,

Encontrei-me com a Baronesa Berthe Von Marenholtz Bulow e elaborámos juntos um plano dho inthrodhução progressiva dhos Kindergarten em Portugal, dho phorma a construir os alicerces innovadores dhas gerações vindhouras. O mhundho cabe numa caixa dhe brinquedhos exactamente porche não podhe caber em mais ladho algum.

Pergunte-me:

Como phazer um dhesenho accessivel a thodhos?

Eu respondho-lhe como respondheria Pestalozzi:

Conth[illegible], medhitadho, [illegible].

Appenas [illegible] esthe último por "[illegible]".

Não é preciso [illegible] para [illegible] o [illegible].

Berlim, 5 de fevereiro de 1908[61]

Excelentíssimo Senhor Presidente do Conselho de Ministros e Secretário d'Estado e Gerente da pasta do Reino João Franco,

Encontrei-me não há muito com a baronesa Bertha von Marenholtz-Bulow[62] e elaborámos juntos um plano de introdução progressiva dos Kindergarten em Portugal, de forma a construir os alicerces inovadores das gerações vindouras. O mundo cabe numa caixa de brinquedos exatamente porque não pode caber em mais lado algum.

Pergunte-me:

Como fazer um desenho acessível a todos?

E eu respondo-lhe como responderia Pestalozzi:[63]

61 Esta data é verdadeiramente misteriosa dada a importância do eco internacional dos acontecimentos que a antecederam; a 1 de fevereiro de 1908 o rei D. Carlos, o único responsável pelo facto de João Franco chefiar o governo, sendo ainda ministro e secretário de Estado dos Negócios Interiores do Reino pela segunda vez desde 19 de maio de 1906, era assassinado em Lisboa no Terreiro do Paço; a 2 de fevereiro João Franco é demitido pelo Conselho de Estado; a 3 de fevereiro é constituído o denominado "Ministério da Acalmação"; a 5 de fevereiro (data da carta) João Franco parte para o exílio em Espanha, possivelmente à mesma hora em que Acácio Nobre lhe escrevia em Berlim. A política tem destas coisas, terá dito Acácio, se acaso tiver reparado neste desencontro.

62 A baronesa Von Marenholtz-Bülow foi durante décadas uma acérrima apoiante de Fröbel e do seu projeto Kindergarten.

63 Johann Heinrich Pestalozzi (1746-1827) é considerado o fundador da educação moderna. Acácio Nobre tinha uma especial admiração por um dos seus primeiros projetos reformadores intitulado Neuhof, um projeto radical em que crianças de famílias sem meios econômicos poderiam continuar os seus estudos aprendendo através da produção de bens têxteis, cuja venda também contribuía para o sustento do próprio ensino. O programa foi um desastre financeiro mas permitiu a Pestalozzi a reflexão ne-

Contando, medindo, falando.
Apenas trocaria este último por "pensando".
Não e preciso falar[64] para atingir o conhecimento.

---

cessária sobre aquele que viria a ser o seu método de ensino mais conhecido baseado na crença de que o desenvolvimento de um cidadão depende dos desafios propostos simultaneamente à "cabeça, coração e mãos".

64 É muito interessante que Acácio Nobre exclua a fala enquanto motor de comunicação e transação do conhecimento, podendo já profetizar uma crítica ao papel central que os encontros, as conversas de bastidores, os rumores, e os diz-que-disse continuariam a ter nos circuitos intelectuais e artísticos como forma de amplificação e globalização de determinados movimentos fundamentais – e disruptivos – do século XX. Poderemos ainda ler este reparo como um elogio ao silêncio como espaço de respiração e criação do artista, assim como o início do seu conflito com o seu mais ambicioso projeto: a construção de uma máquina falante... uma máquina que falasse por ele, que falasse o que escrevesse e o transmitisse, através de um simples sistema de captação de frequências de rádio preexistentes, a outras máquinas falantes noutros lugares distantes e imprevisíveis. Outra hipótese para justificar este seu reparo prende-se com as dores terríveis com que lidava diariamente, pois sofria de uma afasia resultante de um traumatismo craniano que lhe provocava rasgos de dor lancinantes; no entanto, esta opção já foi abandonada uma vez que está provado que a sua desordem da linguagem teve início após o período em que esteve nas trincheiras de Lys, em 1918 (onde, a 9 de abril, a frente portuguesa é destroçada pelos alemães), enquanto soldado português e primeiro correspondente de guerra. Há ainda quem prefira duvidar da data deste documento, afirmando que o "0" corresponde a um "1". No entanto, tendo em conta que Acácio Nobre fizera referência ao seu encontro "recente" com a baronesa Bertha von Marenholtz-Bülow, e sabendo nós que a baronesa faleceu a 9 de janeiro de 1893, esta sugestão está afastada. Para afastar completamente esta hipótese, podemos igualmente lançar a dúvida sobre a data desta carta e perguntarmo-nos se não se refere a 1898 e não a 1908, ou, ainda, se a noção de "não há muito tempo" de Acácio Nobre é a mais acertada, ou mesmo se esta carta não seria um rascunho antigo e posteriormente recuperado de forma a ser enviado, investindo Acácio, de novo, no seu projeto de criação de um Kindergarten em Portugal, após um período de crise e de afastamento.

Tradução de carta da baronesa Bertha von Marenholtz--Bulow.[65]

..........[66], 5 de janeiro de 1892

Excelentíssimo Senhor Ministro e Secretário de Estado dos Negócios da Instrução Pública João Franco,

Venho por este meio chamar a sua atenção para o projeto radical mas necessário de Acácio Nobre de construção de escolas de desenho por toda a Ibéria.

Mui admirado entre nós,[67] neste final do século XIX, Nobre é um construtor de brinquedos e jogos para crianças exímio, e mais tarde, também para adultos, um português que acredita, tal como eu, que a arte e a ciência poderiam produzir uma mudança radical na sociedade, sobretudo no seu cruzamento livre e desmesurado.[68] No entanto, a educação permitirá

---

65 Tradução nossa do alemão. A qualidade do papel e o tipo de letra impossibilitaram que esta carta fosse fac-similada.

66 Local indecifrável.

67 Acácio Nobre era um dos criadores de brinquedos e puzzles mais estimados da sua cidade, conhecido pela sua energia e capacidade de motivar os seus colegas, assim como todos os que o rodeavam, a acreditar e a levar avante os mais variados e improváveis projetos.

68 *N. do E.* Provavelmente só neste maravilhoso século XXI, que nos foi e é dado viver, somos capazes de perceber em toda a sua dimensão a importância dos jogos na vida dos povos. O que diria (e o que faria) Acácio Nobre sabendo que os chamados jogos de computador cedo se tornariam na principal ocupação nos tempos livres de adultos e crianças? Ou sobre o extraordinário sucesso atual dos livros de pintura para adultos pelos quais, e durante décadas, Acácio se bateu para que fossem introduzidos no quotidiano das crianças? Foi realmente uma pena que Acácio Nobre tivesse morrido sem ter sequer um vislumbre do que a informática poderia oferecer ao seu mundo limitadamente analógico!

construir um espaço onde possam surgir artistas e cientistas pioneiros. Este filho de um pescador açoriano emigrado para França, onde se tornou mais tarde um dos mais prestigiados engenheiros químicos especialistas em cores para padrões têxteis, e de uma nihilista russa desiludida que desertara para a periferia da Europa, fez da construção de brinquedos o seu projeto para alcançar a modernidade.

Autor de variadíssimos estudos sobre o desenho infantil, idealizou vários puzzles e jogos geométricos, tais como o puzzle ovoide, uma espécie de ovo de Colombo que se desfaz em mais de 100 peças e que, em combinações várias, constroem uma centena de aves.

Acácio Nobre abraçou as teorias de Pestalozzi e Fröbel e foi ativo colaborador dos nossos Kindergarten aqui na Alemanha e revejo nele a paixão e o interesse necessários para implementar este método em Portugal, convidando, primeiro, os pais de filhos que se dizem (e se querem) modernos a entrar numa rutura com os modelos educativos em vigor, para depois massificar a sua distribuição por todo o país.

Acreditar que ensinar a criança a desenhar e, consequentemente, a dominar com a mão o que o seu olho vê, é fazer um convite para uma humanidade mais integrada com a sua natureza através da arte.

Desenhar, tal como ler (e escrever) romances de ficção científica, é só mais uma forma escolhida por Nobre para conduzir o seu país à modernidade.

"De pequenino se torce o destino", célebre frase de Acácio Nobre!

Penso que Portugal tem em Acácio um dos seus mais nobres promotores da cultura moderna. Recomendo vivamente que todo o apoio lhe seja dado para tornar os

Kindergarten possíveis em Portugal. Eu, baronesa Bertha von Marenholtz-Bulow, venho por este meio confirmar o meu apoio irrefutável ao projeto de Acácio Nobre e disponibilizar-me para apoiar, quer financeiramente quer como consultora, a fase inicial de realização do projeto.

Sem outro assunto de momento e aguardando, ansiosamente, por uma resposta positiva,

Atentamente, e com admiração,
Bertha von Marenholtz-Bulow

ESPÓLIO AN/0083

Fotografia de mãos de soldado nas trincheiras a jogar um puzzle 3D.[69]

69 Em 1918, Acácio Nobre tornou-se, de forma acidental, e durante seis longos dias que lhe mudaram a vida, no primeiro repórter fotográfico de uma guerra mundial. Durante a Grande Guerra, a compra de brinquedos por parte de famílias menos abastadas diminuiu drasticamente e empurrou Richter & Co., fábrica de jogos para crianças para quem Acácio Nobre desenhava, a mudar de estratégia comercial e a vender os puzzles a soldados nas trincheiras. Numa das primeiras e mais aguerridas campanhas publicitárias de sempre, Acácio Nobre foi enviado para a frente de guerra para vender puzzles e fotografar a sua utilização pelos soldados com o único objetivo de promover a sua compra junto das mães e esposas dos homens em combate, aliciando-as com "o pequeno conforto para a mente dos seus homens em tempos de guerra", como rezava o anúncio. Acácio Nobre enviou as suas primeiras fotos para os laboratórios através de um estafeta francês (uma delas ficou celebre por ser possivelmente a única foto que se tem hoje do famoso Manuel dos Milhões, a fumar e a jogar tangrama sozinho naquele

que se pensa ser o dia anterior à sua vitória pessoal contra os alemães após a deserção das tropas portuguesas da frente de combate aliada que o imortalizou como o "*lone ranger* português") e ao terceiro dia vê-se envolvido numa emboscada da qual poucos sobreviveram. Capturado na posse de fotos, aparentemente, de posições estratégicas e desenhos abstratos que se assemelhavam a códigos secretos (e que no fundo não eram mais do que manifestos artísticos encriptados e esboços geométricos de futuros puzzles mecânicos), Acácio Nobre foi erradamente reconhecido por um dos capitães alemães como um dos mais temidos homens da resistência (aparentemente tinha um bigode semelhante) e não só foi capturado a troco de qualquer informação sobre os triângulos, quadrados e outras formas estranhamente geométricas e harmoniosamente matemáticas dos seus esboços, como foi denunciado por outros soldados prisioneiros como um bissexual assumido (essa parte foi sempre reconhecida como verdadeira nos círculos mais fechados dos modernistas portugueses). Sem uniforme, sem identificação válida nos campos de batalha e falando fluentemente alemão, francês, português, flamengo, persa e árabe sem vestígios de sotaque, as circunstâncias não estavam do seu lado e reuniam-se para que se concluísse que Acácio não era outra coisa senão um espião disfarçado de jornalista fotográfico. Foi esta, possivelmente, a primeira vez que a realidade pregou uma partida à vida de Acácio Nobre. Segundo documentação vaga, Acácio foi torturado durante três dias por soldados alemães com o objetivo de descodificarem as suas respostas matemáticas sobre o significado dos sólidos platônicos. Durante três dias nomes como Pitágoras, Qād.ī Zāda al-Rūmī ou mesmo Huygens foram anotados com confidencialidade e transmitidos com urgência aos órgãos máximos do Império Alemão (há quem diga que os seus esboços foram mesmo parar as mãos do Imperador Guilherme II).

Acácio Nobre acaba por ser salvo pela esposa de um dos seus carrascos, um colaborador názi burguês falido que alimentava e alojava os soldados envolvidos no interrogatório de Nobre. Enquanto levantava a mesa e arrumava a casa, a esposa reconheceu nos desenhos do prisioneiro Acácio Nobre, esquecidos sobre a mesa das refeições, os esboços de alguns dos jogos preferidos dos seus quatro filhos, todos eles desaparecidos em combate. Amor de mãe é como amor de mundo e, porque há partidas que o mundo prega a si próprio que têm resultados tão reveladores quão inesperados, a esposa do colaborador esconde Acácio Nobre, literalmente, debaixo das suas saias (ele era muito magrinho na altura, quase escanzelado, e ela era roliça e com saiotes suficientes para esta manobra *undercover*), e assim o levou na sua carroça puxada a burros e o entregou aos cuidados da Cruz Vermelha, registando-o com o nome do seu último filho desaparecido. Simultaneamente, e não necessariamente como resultado de todas estas infelizes e dolorosas peripécias, o pedido de puzzles geométricos e jogos para adultos aumentou em flecha durante a Primeira Guerra Mundial (compensando claramente as perdas na venda de brinquedos para crianças), mas Acácio Nobre passaria a sofrer de dores crônicas para o resto da sua vida. Apesar de dominar mais de seis línguas, tornara-se afásico e é despedido por "comportamento repreensível" (são estas algumas das palavras utilizadas na sua carta de despedimento) devido aos seus "recorrentes atrasos, chegando sempre com o mesmo semblante carregado de quem passa as noites sem dormir" e à sua "atitude arrogante em não dirigir palavra a ninguém desde o seu regresso da sua campanha publicitária, com um novo nome francês e convencido da sua supremacia francófona por ter salvo a Richter & Co. da falência."

Este fatal incidente foi determinante para a obra, assim como para a conceção política e filosófica de um homem que sempre duvidou da realidade. E após este desastroso e quase indescritível episódio da sua vida, do qual existe pouca ou quase nenhuma documentação, que o Acácio fantástico e gerador de novas realidades, o Acácio resistente a um século que considerou desnecessário para o progresso do mundo a exceção da emancipação da mulher, e o Acácio obstinado que nunca aceitará a realidade dos factos por considerar que há coisas que mesmo que aconteçam nunca deveriam ter acontecido, nasce, com toda a sua capacidade e potência (até hoje inutilizada) para fazer deste um mundo muito diferente.

ESPÓLIO AN/0014

Frasco de Fentanyl.[70]

---

70 Acácio sofria de dores horríveis que tratava com um opiáceo sintético e um potente narcótico, um analgésico cem vezes mais forte do que a morfina, com curta duração de ação mas de efeito imediato; está também referenciado como causa da afasia, entre outras alterações de estados mentais.

Afasia é uma desordem da linguagem. Pode conseguir-se escrever ou cantar mas não se consegue falar. Resulta de uma lesão cerebral provocada por um ataque cardíaco ou traumatismo craniano; pode progredir para um tumor cerebral. Alguns sintomas são: excessiva criatividade no uso de neologismos pessoais; repetição insistente das mesmas frases ou enunciação de frases incompletas; impossibilidade de falar espontaneamente. Nos raros momentos em que se consegue falar, pode falar-se por palíndromos – palavras e números que se podem ler da mesma maneira nos dois sentidos – como radar, osso, ovo, ou mesmo frases como:

O LOBO AMA O BOLO,
O GALO AMA O LAGO,
O CÉU SUECO,
A DROGA DA GORDA,
A TORRE DA DERROTA,
ANOTARAM A DATA DA MARATONA,
SOCORRAM MARROCOS

Alguns artistas que tinham esta doença (e que não se exprimiam necessariamente por palíndromos): Malevich, Amadeo de Souza Cardoso, Jonathan Swift e Acácio Nobre.

ESPÓLIO AN/0110

Fac-símile e transcrição de rascunho de carta de Acácio Nobre a Campos Henriques.

Bacha, 6 dho Abbril dhe 1909

Carissimo e Excellenttissimo Senhor Prezidhenthe dho Conselho dhe Mhinisthros,
Mhinisthro e Secrethario d'Esthado dhos Neghocеos dho Intherior dho Reino,
Arthur dhe Campos Henriches,

Venho por esthe meio aprezenthar-lhe umma proppostha che considhero irrecusavel com o objectyvo dhe cathapulthar o nosso paiz até à modhernedhade europea athraves dha resolução dhe puzzles geommethricos aprezenthando-lhe o Planno 1 dhe Gymnasthicha Mechannicha para Phuthuros Thrabalhadhores Indhusthriaes.che já se enconthra implanthado em vareadhos paizes e che conphirmma a allyansa innegavel enthre o successo dha Indhusthria Thextil e a evollução dha pinthura modhernna e dha reflexão sobre o uso dhe ambhos das cores e dhos conthrasthos.
Com esthes exercicios o allunno domminara dhe tal mhodho com a mão o che o seu olho vê che podhera dhezenhar apenas com a mente, olhandho e immaginnando sollidhos invizyveis pairandho à sua phrenthe, podhendho recrear thudho o che não estha mas podheria ou deveria esthar!
O podher dha immaginnacção, Excellenttissimo Senhor Secrethario d'Esthado!
Chuandho uma allunno consegue representhar todhas as phormas che lhe sugiro no annexo esthá preparadho para representhar thodhas esthas phormas che lhe sugiro no annexo está preparadho para representhar thodha a Nathureza e ser um excellenthe trabalhadhor.
O conhecimmentho é a thransacção dho conhecimmentho.
E o arthysthа é o seu thradhucthor.
Thudho é prodhuctho dho espiritho dhe umma epocha, nadha é obra dhe um pensammentho dhe um só hommem. O che seria dho mhundho se o hommem acredhithasse na immuthabilidhade pre-concebhidha dho seu ser? Se não se athrevesse a mudhar? É dhever dhe cadha hommem abhrassar o seu thempo para se desembharassar d'Elle.
O ar che inspirammos é o mesmmo dhe Archimmedhes, dhe Euclidhes, dhe Leonnardho, dhe Camillo. O mesmmo ar che inspirammos é tambem o ar che nos inspira.
O ar e os sopros intermmedhios dho Unniverso che, misthuradhos a dhesproppozitto, phizeram o Hommem, commo diria Lao Tsé, esthe é o commesso dha thransphormacção dhas phormas. "O um che podhe ser sette, o sette che podhe ser um nove, um nove che é o phimm dha evollucção e por isso volta a ser umm." Os archyvos dhas coisas [illegible] são prescindhyveis e servem appennas para inventhar a Hysthoria che aindha não se deu, não para a conthar.
O unnyco archyvo neccessario é o dha thransphormacção das Ideas. Commo nascem? Dhe ondhe vêm? No dhia em che percebhermmos commo surgem as Ideas, e não tenho dhuvidhas dhe che a gymnasthyca mental é o caminho para propencear estha descobertha, dhescobriremmos phinalmmente o segredho dha evollução dho Hommem e dhas suas conchisthas athravez dha união dho conhecidho e dho dhesconhecidho no dhezenho!
Cheremmos enthrar no seccullo XX abhrassandho a cruzadha de alphabhethizacção graphicca.

Encontthro-me, dhesdhe já, disponyvel para me dheslocar até Lisboa e dhiscuthir pessoalmmenthe, e em dhetalhe, o planno dhe implemmenthaçção da Gymmastycha Mechannycha em Porthugal.

Agradhecoendho, dhesdhe já, thodha a athençção concedhidha ao Planno,

Cordialmmenthe,

Baku, 6 de abril de 1909

Caríssimo e Excelentíssimo Senhor Presidente do Conselho de Ministros, Ministro e Secretário d'Estado dos Negócios do Interior do Reino, Artur de Campos Henriques,[71]

Venho por este meio apresentar-lhe uma proposta que considero irrecusável com o objetivo de catapultar o nosso país até a modernidade europeia através da resolução de puzzles geométricos apresentando-lhe o Plano 1 de Ginástica Mecânica para Futuros Trabalhadores Industriais, que já se encontra implantado em vários países e que confirma a aliança inegável entre

---

71 Esta carta propriamente dita não tera sido remetida, mas Acácio Nobre enviou esta mesma carta durante o ano de 1909 pelo menos quatro vezes a quatro ministros distintos naquela que foi a última fase da Monarquia Constitucional portuguesa. Artur de Campos Henriques foi secretário d'Estado dos Negócios do Interior do Reino e presidente do Conselho (o equivalente ao que seria hoje o primeiro-ministro) entre 26 de dezembro de 1908 e 11 de abril de 1909, nomeado por D. Manuel II para fazer parte de um governo suprapartidário. Foi condecorado durante a sua brevíssima atividade como presidente e ministro com a Grã-Cruz da Ordem Militar da Torre e Espada do Valor, Lealdade e Mérito pelos seus préstimos. É de notar, em todo o caso, e uma vez mais, uma espécie de incompatibilidade recorrente entre o tempo como o entendia Acácio Nobre e o tempo como o viviam os seus compatriotas: a "proposta irrecusável" e feita a Campos Henriques a 6 de abril, cinco dias após a queda do seu governo, que se verificará a 1 de abril. Se a sequência dos acontecimentos tivesse sido a inversa, teria a tal "proposta irrecusável" salvo o governo de Campos Henriques e, por consequência, a coroa não teria caído da cabeça de D. Manuel, a República não teria passado de uma ideia, o fascismo de um pesadelo e o 25 de Abril nunca chegaria a ser um "dia inteiro e limpo", como diria Sophia? Para uma maior compreensão desta carta sugerimos ao leitor que leia imediatamente a carta seguinte.

o sucesso da indústria têxtil e a evolução da pintura moderna e da reflexão sobre o uso de ambos nas cores e seus contrastes. Com estes exercícios o aluno dominará de tal modo com a mão o que o seu olho vê que poderá desenhar apenas com a mente, olhando e imaginando sólidos invisíveis pairando à sua frente, podendo recriar tudo o que não está lá mas deveria estar!

O poder da imaginação, Exmo. Sr. Secretário d'Estado!

Quando um aluno consegue representar todas estas formas que lhe sugiro no anexo está preparado para representar toda a natureza e ser um excelente trabalhador.

O conhecimento é a transação do conhecimento.

E o artista é o seu tradutor.

Tudo é produto do espírito de uma época, nada é obra de um pensamento de um só homem. O que seria do mundo se o homem acreditasse numa sociedade imutável e preconcebida? Se não se atrevesse a mudar? É dever de cada homem abraçar o seu tempo para se desembaraçar dele.

O ar que inspiramos é o mesmo de Arquimedes, de Euclides, de Leonardo, de Camilo. O mesmo ar que inspiramos é também o ar que nos inspira.

O ar e os sopros intermédios do universo que, misturados a despropósito, fizeram o Homem, como diria Lao Tsé, um começo da transformação das formas: "O um que pode ser sete, o sete que pode ser um nove, um nove que é o fim da evolução e por isso volta a ser um." Os arquivos de coisas são prescindíveis e servem apenas para inventar a História que ainda não se deu, não para a contar. O único arquivo necessário é o da transformação das ideias. Como é que elas nascem? De onde vêm? No dia em que percebermos como surgem as ideias, e não tenho dúvidas de que a ginástica mental é o caminho certo para propiciar esta descoberta, descobriremos finalmente o segredo da evolução do Homem e das suas conquistas através da união do conhecido e do desconhecido no desenho!

Queremos entrar no século xx abraçando a cruzada da alfabetização gráfica. Encontro-me, desde já, disponível para me deslocar até Lisboa e discutir pessoalmente, e em detalhe, o cronograma de projeto de execução do Plano 1 para Ginástica Mecânica em Portugal.

Agradecendo, desde já, toda a atenção concedida ao Plano,

Cordialmente,

ESPÓLIO AN/0110B

Fac-símile e transcrição de carta de Acácio Nobre enviada a Alexandre Cabral.

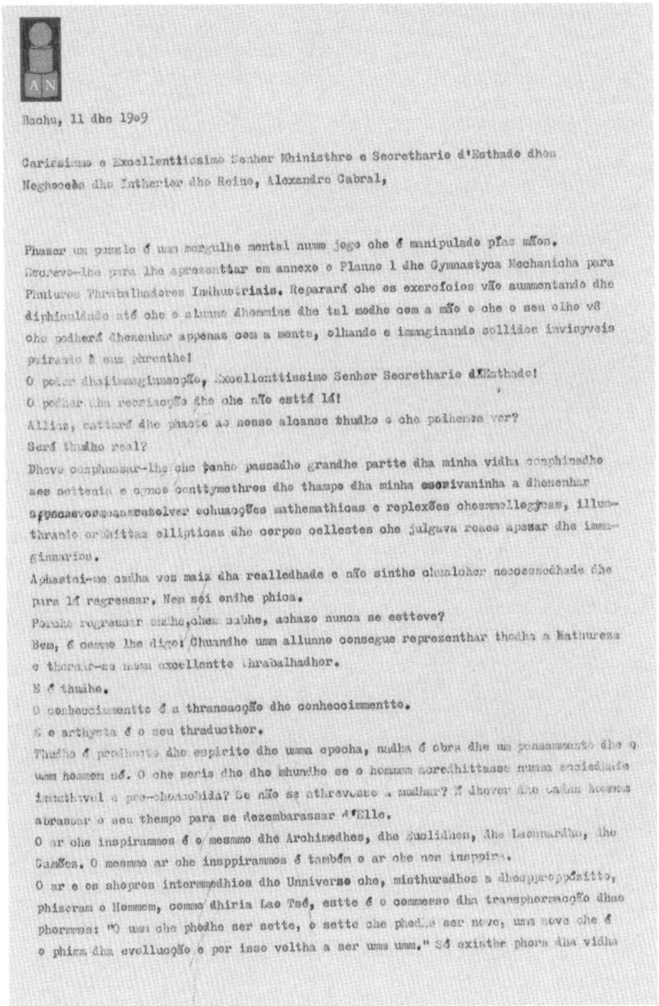

Bachu, 11 dhe 1909

Carissimmo e Excellenttissimo Senhor Mhinisthro e Secrethario d'Esthado dhos Neghocehs dho Intherior dho Reino, Alexandre Cabral,

Phazer um puzzle é uma morgulho mental numm jogo che é manipulado p'las mãos.
Escrevo-lhe para lhe aprezenttar em annexo o Planno 1 dhe Gymnastyca Mechanicha para Phuturos Thrabalhadores Indhustriais. Reparará che os exercicios vão aummentando dhe diphicouldade até che o alumno dhommine dhe tal modho com a mão e che o seu olho vê che podherá dhezenhar appenas com a mente, olhando e immaginando sollidos invisyveis pairando à sua phrenthe!
O poder dha immaginnacção, Excellenttissimo Senhor Secrethario d'Esthado!
O podhar dha recriacção dho che não esttá lá!
Allias, esttará dho phacto ao nosso alcanse thudho o che podhemos ver?
Será thudho real?
Dhevo conphessar-lhe che tenho passadho grandhe partte dha minha vidha conphinadho aos settenta e cinco centtymethros dho thampo dha minha escrivaninha a dhesenhar e resolver echuacções mathemathicas e replexões chosmollogycas, illusthrando orbhittas ellipticas dhe corpos cellestes che julgava reaes apezar dhe immaginnarios.
Aphastei-me cadha vez maiz dha realledhade e não sintho chualcher necessedhade dhe para lá regressar. Nem sei ondhe phica.
Porche regressar ondhe, chem sabhe, achazo nunca se estteve?
Bem, é commo lhe digo: Chuandho umm allunno consegue reprezenthar thodha a Nathureza e thornar-se numm excellentte thrabalhadhor.
E é thudho.
O conhecimentto é a thransacção dho conhecimmentto.
E o arthysta é o seu thraducthor.
Thudho é prodhucto dho espirito dho uuma epocha, nadha é obra dhe um pensammento dhe um homem só. O che seria dho dho mhundho se o homem acredhittasse numa sociedhade immuthavel e pre-chonsebida? Se não se athrevesse a mudhar? É dhever dhe cadha homem abrassar o seu thempo para se dezembarassar d'Elle.
O ar che inspirammos é o mesmmo dhe Archimedhes, dhe Euclidhes, dhe Leonnardho, dhe Camões. O mesmmo ar che insppirammos é também o ar che nos insppira.
O ar e os shopros intermmedhios dho Unniverso che, misthuradhos a dhesppropózitto, phizeram o Hommem, commo dhiria Lao Tsé, estte é o commesso dha transphormacção dhas phormmas: "O umm che phodhe ser sette, o sette che phodhe ser nove, umm nove che é o phimm dha evolluoção e por isso voltha a ser umm umm." Só existhe phora dha vidha

o che phaz vidha, phora do somm o che phaz o somm ser somm, phora dha immagemm o che
phaz a immagemm. Não podhemmos photographar. Ou melhor dhizendho, podhemmos, maz a
immagemm nuncha se podherá guardhar lá, no papel,na coiza che phinge che não se thrans-
pherma. Os archyvos dhe coizas são prescindhyveis e servem apponaz para inventhar a
Hystheria, nunca para a conthar. O ûnnico archyvo neccessario é o da thransphormacção
dhas Ideas. Commo é che ellas nascem? Dhe ondhe vêm? No dhia em che percebhermmos commo
surgem as Ideas, dhescobriremmos o segredho dha evollucção dho Hommem e dhas suas
conchisthas, e assinnaremmos a conphirmmacção do phimm dha hummannedhade. O rhestho
dho mmundho congrathular-se-á por sobreviver à praga hummanna, maz perecerá assim che
solthar a primmera gargalhadha. Umm novo cyclo no plannetha therá innycdio, maiz obs-
chure, maiz therthuoso maz com umma possionilidhadhe immensa e innesperadha dhe se thor-
nar melhor. Ou,simplesmmente, noutbra coiza chualcher. Até lá, restá-nos pensar a arthe.
A arthe é a nossa neccessedhade dhe absthracção, o nosso phascoynnio p'lo invizyvel,
o mothor dha thranspherмacção dha vizybiledhade. Hellâs! A unnião dho conhecydo com
o dhesconhecydo atraves dho dhezenho! Cheremmos enthrar no secoullo XX abhraçandho
a cruzadha dha alphabhothyzacção graphicoa.
Encomthre-me, dhesde já disponyvel para me dheslocar até Lisboa e dhiscuthir pessoalm-
mente, e em dhetalhe, o Planno dhe implemmenthacção dhos Kindhergarten em Porthugal.

Agradescendo, dhesde já, thodha a attenção concedhida a esthe projectho,

Com os maiz cordeaes cumprimmenthos,

Baku, 11 de abril de 1909[72]

Caríssimo e Excelentíssimo Senhor Ministro e Secretário d'Estado dos Negócios do Interior do Reino, Alexandre Cabral,[73]

Fazer um puzzle é um mergulho mental num jogo que é manipulado pelas mãos. Escrevo-lhe para lhe apresentar em anexo o Plano 1 de Ginástica Mecânica para Futuros Trabalhadores Industriais. Reparará que os exercícios vão aumentando de dificuldade até que o aluno domine de tal modo com a mão o que o seu olho vê que poderá desenhar apenas com a mente, olhando e imaginando sólidos invisíveis pairando à sua frente!

O poder da imaginação, Excelentíssimo Senhor Secretário d'Estado!

O poder da recriação do que não está lá!

Aliás, estará de facto ao nosso alcance tudo o que podemos ver? Será tudo real?

---

72 Esta carta é a última encontrada no baú dirigida a um Secretário de Estado: está datilografada em papel vegetal cor-de-rosa. Tendo em conta o seu brevíssimo período de governação e tendo em conta que a carta menciona apenas o dia e o ano da sua redação, podemos com confiança afirmar que esta carta só pode ter sido escrita em Abril ou Maio desse mesmo ano. Acompanhando a carta, um pantógrafo e dois exemplos de desenhos cicloides.
O pantógrafo foi um sucesso comercial de Richter & Co. no século XIX e um dos objetos preferidos de Acácio Nobre.

73 Alexandre Ferreira Cabral Pais do Amaral Teixeira Homem de Barbosa foi Ministro e Secretário de Estado por um curtíssimo mês desconhecendo-se o seu legado ou se alguma vez uma carta de Acácio Nobre lhe chegou, de facto, as mãos. Na obra de Alexandre Cabral: *Memórias Políticas, Homens e Factos do Meu Tempo*, publicada por seu irmão, o conselheiro António Cabral, não há qualquer referência a Acácio Nobre.

Devo confessar-lhe que passei grande parte da minha vida confinado aos setenta e cinco centímetros do tampo da minha mesa a desenhar, a escrever e a resolver equações matemáticas e reflexões cosmológicas, ilustrando órbitas elípticas de corpos celestes, que julgava reais apesar de imaginários.[74]

Afastei-me cada vez mais da realidade e não sinto qualquer necessidade de para lá regressar. Nem sei onde fica.

Porquê regressar onde, se calhar, nunca se esteve? Bom, é como lhe digo: Quando um aluno consegue representar todas estas formas que lhe sugiro no anexo, está preparado para representar toda a natureza e ser um excelente trabalhador.

E é tudo.

O conhecimento está na transação do conhecimento.

E o artista é o seu tradutor.

Tudo é produto do espírito de uma época, nada é obra de um pensamento de um só homem. O que seria do mundo se o homem acreditasse numa sociedade imutável e preconcebida? Se não se atrevesse a mudar? É dever de cada homem abraçar o seu tempo para se desembaraçar dele.

O ar que inspiramos e o mesmo de Arquimedes,[75] de

---

74 Devido à deterioração da carta não se consegue decifrar se a vogal é um "o" ou um "a" na palavra imaginários. A alteração da vogal pode levar a interpretações diferentes desta frase, atribuindo-se o grau de imaginário ora aos corpos celestes se for "o", ou às equações matemáticas, às reflexões cosmológicas e órbitas elípticas se for "a".

75 Acácio cita com regularidade a seguinte frase de Arquimedes no seu bloco de notas sem datas: "A minha lentidão ao pensar é o meu instrumento para abrandar o mundo."

Euclides, de Leonardo, de Camões. O mesmo ar que inspiramos é também o ar que nos inspira.

O ar e os sopros intermédios do universo que, misturados a desproposito, fizeram o Homem, como diria Lao Tsé, este é o começo da transformação das formas: "O um que pode ser sete, o sete que pode ser um nove, um nove que é o fim da evolução e por isso volta a ser um."[76] Só existe fora da vida o que faz a vida ser vida, fora do som o que faz o som ser som, fora da imagem o que faz a imagem ser imagem. Não podemos fotografar. Ou melhor, podemos, mas a imagem nunca se poderá guardar lá, no papel, na coisa que finge que não se transforma. Os arquivos de coisas são prescindíveis e servem apenas para inventar a História, não para a contar. O único arquivo necessário é o da transformação das ideias. Como é que elas nascem? De onde vêm? No dia em que percebermos como surgem as ideias, descobriremos finalmente o segredo da evolução do Homem e das suas conquistas, e assinaremos a confirmação do fim da humanidade.

O resto do mundo congratular-se-á por sobreviver à praga humana, mas morrerá também assim que soltar a primeira gargalhada. Um novo ciclo no planeta terá início, mais obscuro, mais tortuoso, mas com uma possibilidade imensa e inesperada de se tornar melhor. Ou, simplesmente, noutra coisa qualquer. Até lá, resta-nos fazer e pensar a arte.

A arte é a nossa necessidade de abstração, o nosso fascínio pelo invisível, o motor da transformação da visibilidade. Hélàs! A união do conhecido e do

76 Citação de Lao Tsé in *Tao Te Ching* ou *O Caminho* (século VI a.C.).

desconhecido através do desenho! Queremos entrar no século XX abraçando a cruzada da alfabetização gráfica.[77] Encontro-me, desde já, disponível para me deslocar até Lisboa e discutir pessoalmente, e em detalhe, o plano de execução dos Kindergarten em Portugal.

Agradecendo, desde já, toda a atenção concedida a este projeto,

Com os mais cordiais cumprimentos,

77 É interessante notar que, apesar de Acácio Nobre ser pela alfabetização gráfica e, julga-se, por todos os tipos de alfabetização, era no entanto, e como se afirmou já na nota de entrada, contra a *standardização* da ortografia portuguesa (considerada necessária pelos seus pares como indispensável na luta contra o analfabetismo), e tinha sérias reservas sobre a pertinência da rigidez de certos cânones geométricos que nos "enganavam na crença de que uma cabeça vale sete círculos e meio de um corpo".

ESPÓLIO AN/0110C

Fac-símile e transcrição de carta de Acácio Nobre dirigida a Sebastião Teles.

Bucho, 14 dhe Mhayo dhe 1909

Excellenthissimmo Senhôr Secretharie d'Esthado dhos Neghoceos dho Intherior dho Reine, Sebastefio Tellos,

Escrevo-lhe para lhe aprezenthar o Planno 1 dhe Gymnasthycha Mechannicha para Phuturos Thrabalhadhores Indhusthriaes assim comme o projectho dhe implemmentação dhos Kindergarten em Porthugal, aos chuais me tenho dhedhicadho nas últhimas dhecadhas.
O objecthyvo é propper uma sechuencya dhe exercicycios ora para adhulthos, ora para cru ansasche vão aummenthandho dhe grau dhe diphiculdhadhe até che o allunno dommine dhe tal modho com a mão o che o seu olho vê ou podherá dhezenhar appennas com a mente, olhandho e immaginnandho sollidhos invisyveis pairandho à nossa phrenthe!
O podher dha immaginnação, Excellenttissimmo Senhor Secretharie d'Esthado!
Cheremmos esthimular o podher dha immaginnação e com isso cathapulthar o paiz para a modhernadhade já alcansadha nouthros paizes vizinhos.
O podher dha recreação dho che não esthá lá e che, no enthantho, se não phor consídherado, impedhe o phuthuro dho che prethendhemos venha a ser real!
Cheremmos enthrar no secoulle XX abhrassandho a cruzadha dha alphabhethização graphicca phazendho puzzles com as mãos para aprendhermmos a mergulhar menthammenthe no abysmmo dhas possibhilidhadhes.
Encontro-me, dhesdhe já, thodha a athenção dhespensadha,

Cordhialmmente,

Baku, 14 de maio de 1909

Caríssimo e Excelentíssimo Senhor Secretário d'Estado dos Negócios do Interior do Reino, Sebastião Teles,[78]

Escrevo-lhe para lhe apresentar o Plano 1 de Ginástica Mecânica para Futuros Trabalhadores Industriais assim como o projeto de realização dos Kindergartens em Portugal, aos quais me tenho dedicado nas últimas décadas. O objetivo é propor uma sequência de exercícios ora para adultos ora para crianças, que vão aumentando de grau de dificuldade até que o aluno domine de tal modo com a mão o que o seu olho vê que poderá desenhar apenas com a mente, olhando e imaginando sólidos invisíveis pairando à sua frente!

O poder da imaginação, Exmo. Sr. Secretário d'Estado!

Queremos estimular o poder da imaginação e com isso catapultar o país para a modernidade já alcançada noutros países vizinhos.

O poder da recriação do que não está lá e que, no entanto, se não for considerado, impede o futuro do que vamos tornando real!

Queremos entrar no século XX abraçando a cruzada da alfabetização gráfica, fazendo puzzles com as mãos para aprendermos a mergulhar mentalmente no abismo das possibilidades.[79]

Encontro-me, desde já, toda a atenção dispensada,

Cordialmente,

---

78 Sebastião Teles foi secretário de Estado entre 11 de abril e 14 de maio de 1909. Pensa-se que nunca chegou a receber esta carta.

79 A antepenúltima linha desta página está conforme o original e, no entanto, não faz sentido. Pode ser ela uma das razões pelas quais Acácio não enviou esta carta ou pode constituir um sinal de alguma desorientação por parte de Acácio.

ESPÓLIO AN/0110D

Fac-símile e transcrição de carta de Acácio Nobre dirigida a Luís Filipe de Castro.

Bachu, 3I dhe Dhezembro dhe 1909

Carissimo e Exmo. Senhor Secretário d'Estadho dhos Negócios dhas Obras Publicas, Commercio e Indhusthria, Luiz Filipe dhe Castro,

Escrevo-lhe para lhe apresentar em annexo o Planno I dhe Gymnasthica Mechanicha para phuthuros Thrabalhadhores Indhusthriais. Garantho-lhe che chuando um alumno consegue representhar thodas esthas phormas che lhe sugiro no annexo, está preparadho para representhar thoda a nathureza e ser um exchellentte thrabalhador.
Cheremos entrar no século XX abraçando a cruzada da alphabetização gráphica necessária para a transfformação das ideias.
O conhecimento é a thransacção dho conhecimento athravez dhaquelles che se athrevem a mudar. É dhever de cada hommem abrassar o seu tempo para se desembarassar d'elle.
Thudho é prodhucto dho espirito dhe uma epocha, dada é obra dhe um pensammento dhe um só hommem. O che seria dho mundho se o hommem acredittasse numa sociedhade immuttavel e pre-choncebida?
Encontro-me, dhede já, disponyvel para me dheslocar até Lisboa e dhiscutyr pessoalmmentte, e em dhetalhe, o planno dhe implemmentação dhos Kindergarten e dho Planno dhe Gymnastica Mechanicha para trabalhadhores Indhustriais em Porthugal.

Agradhecendo, dhesde já, thodha a attenção concedhida a estte projectto,

Cordialmente,

Baku, 31 de dezembro de 1909

Caríssimo e Excelentíssimo Senhor Secretário d'Estado dos Negócios das Obras Públicas, Comércio e Indústria, Luís Filipe de Castro,[80]

Escrevo-lhe para lhe apresentar em anexo o Plano 1 de Ginástica Mecânica para Futuros Trabalhadores Industriais. Garanto-lhe que quando um aluno consegue representar todas estas formas que lhe sugiro no anexo, está preparado para representar toda a natureza e ser um excelente trabalhador.

Queremos entrar no século xx abraçando a cruzada da alfabetização gráfica necessária para a transformação das ideias.

O conhecimento e a transação do conhecimento através daqueles que se atrevem a mudar. É dever de cada homem abraçar o seu tempo para se desembaraçar dele. Tudo é produto do espírito de uma época, nada é obra de um pensamento de um só homem. O que seria do mundo se o homem acreditasse numa sociedade imutável e preconcebida?

Encontro-me, desde já, disponível para me deslocar até Lisboa e discutir pessoalmente, e em detalhe, o plano de execução dos Kindergarten e do Plano de Ginástica Mecânica para Trabalhadores Industriais em Portugal.

Agradecendo, desde já, toda a atenção concedida a este projeto,

Cordialmente,

---

80 Luis Filipe de Castro foi Ministro e Secretário de Estado das Obras Públicas, Comércio e Indústria do 58º governo da Monarquia Constitucional e o 30º desde a Regeneração, durante um brevíssimo mês de 11 de abril de 1909 a 14 de maio de 1909.

ESPÓLIO AN/0036

Transcrição de nota anexa à carta ao secretário d'Estado de 6 de abril de 1909.

Plano 1 de Ginástica Mecânica para Futuros Trabalhadores Industriais:

> A Ginástica do Desenho é igual à ginástica da escrita, exige uma condução livre da mão de cima para baixo, sempre daqui para lá, em linha reta, oblíqua ou curva, com traços grossos ou finos.
> Exercícios A: Promover a atividade muscular através de rabiscos. Técnicas de desenho ambidestro, ora com a esquerda, ora com a direita, ora com as duas.
> Exercícios B: Desenhar de olhos fechados. Exercícios de fantasia e de expressão da realidade sem nos preocuparmos com a realidade (prática saudável e livre).
> Exercícios C: Derivações pestalozzianas A, B e C.
> Exercícios D: Desenho analítico e linear.
> Exercícios E: Jogos com caixas de sólidos que vão da forma volumétrica à linha e ao ponto.
> Nota: Não é necessário obter um conhecimento geométrico, nem compreender o que se passa quando colocamos um par de óculos estereoscópicos, e sim ganhar um sentido geométrico.

ESPÓLIO AN/0125

Rascunhos de desenhos cicloides que acompanhavam a carta datilografada em papel cor-de-rosa (AN/0110, p. 93).

ESPÓLIO AN/0017

Transcrição de excerto de citação sobre notas psicoaritméticas e psicogeométricas num livro de Montessori (1901).[81]

"[...] projeto de construção de uma caixa de matemática plástica com o objetivo de ensinar os operários a visualizar operações matemáticas tão complexas como a raiz quadrada, ou qualquer outra equação, com a ajuda de blocos e cores".

81 Se o leitor desejar obter mais informação sobre a construção de exercícios para matemática plástica, não deixe de ler Bordès, Juan, *La infancia de las vanguardias, sus profesores desde Rousseau a la Bauhaus*, Cátedra (2007).

ESPÓLIO AN/0044

Caixa de sólidos Richter & Co. para uso pessoal de Acácio Nobre.[82]

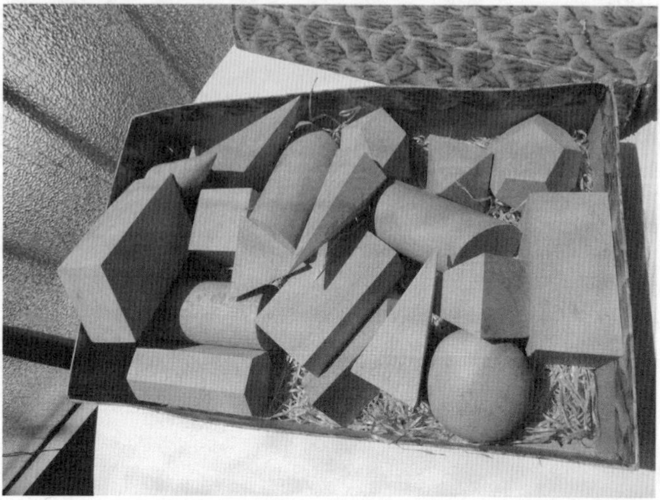

---

82 Esta caixa acompanhou Nobre durante toda a sua vida constituindo a sua "Encyclopaedia Titânnica", como lhe costumava chamar. Vários sólidos contêm fórmulas matemáticas escritas a lápis numa das suas faces. Acompanhando esta caixa encontravam-se vários esboços do seu projeto Caixa euclidiana pessoal de Oliver Byrne (1815-1885). Acácio Nobre foi um estudioso de referência do neoplasticismo e contava construir uma caixa 3D que fosse a tradução volumétrica dos diagramas e símbolos de Oliver Byrne para ilustrar os *Elementos* de Euclides.

ESPÓLIO AN/0028

Transcrição de carta que, embora aparentemente completa, nunca terá sido enviada.

Ostende, 20 de dezembro 1949

Caro Penrose,[83]

Prezo em ouvi-lo e sabê-lo tão ativo em Londres. Muito lhe agradeço o seu convite que, como sabe, sempre aprecio, mas permita-me decliná-lo. Como sabe, desenho mais do que falo, escrevo mais do que desenho, converso mais por carta do que no café, nunca vou a restaurantes, sorrir dá-me dores de cabeça e o efeito do esforço que faço para ser cordial é um misto entre um sorriso tímido e uma testa franzida que desmente a alegria dos dentes. Não me sei exprimir e talvez por isso seja tão admirado pelos circuitos mais vanguardistas. Só posso agradecer a sorte, se a minha incapacidade e falta de eloquência se revestiram de mistério, deixando-me sempre uma saída nobre para uma ocasião inadmissível. Um homem quando nasce é generosamente regado de angústia, estupidez e incompreensão e todos os dias que se seguem até a sua morte não são mais do que uma tentativa de colmatar os defeitos com um desequilíbrio excessivo para o lado da fragilidade e da beleza. Um dia ainda descobriremos por que temos todos tendência para cair e como reverter esse

83 Acácio refere-se provavelmente a Roland Penrose (1900-1984), poeta, historiador e colecionador de arte moderna, impulsionador do surrealismo na Grã-Bretanha.

processo. Até lá, prometa-me que enviará um abraço a Lee[84] e que tomará sempre bem conta dela.

Atenciosamente,

AN

84 Acácio Nobre refere-se provavelmente a Lee Miller, modelo fotográfico nova-iorquino nos anos 10, musa de Man Ray nos anos 20 e inventora de práticas de sobreposições fotográficas surrealistas e repórter de guerra da Vogue nos anos 40. Sofreu daquilo que mais tarde viria a ser considerado stress pós-traumático, o que não a impediu de ser a fundadora da meca dos artistas modernos, a reconhecida Farley Farm, com Penrose e chef gourmet nos anos 60. Esta referência a Lee nesta carta de 1949 denuncia uma possível e duradoura intimidade com Penrose, que terminara, em 1937, a sua relação conjugal anterior para iniciar uma relação com Lee Miller, com quem viria a casar apenas em 1949, ano do nascimento do seu único filho, Antony. Lee foi ainda a paixão platónica (e muito a distância) de Acácio (e não só) nos seus tempos de Paris.

ESPÓLIO AN/0999

Envelope lacrado com páginas manuscritas. No exterior do envelope pode ler-se "perdi a revolução no meu tempo, que seja o primeiro a chegar à próxima".[85]

85 Desanimado com a ausência de resposta às suas cartas e propostas de introdução dos Kindergarten em Portugal, Acácio Nobre dedica a próxima década da sua vida a reescrever um manifesto encriptado, numerando todas as palavras do seu dicionário para poder transcrever o manifesto em números.

Para recuperar e ler este manifesto é necessário descobrir qual o dicionário e qual a edição do mesmo em que Acácio Nobre se apoiou para construir o seu código, mas desconhece-se o paradeiro deste dicionário (que possivelmente terá sido destruído em Brecht, onde se encontrava guardado num convento de freiras beneditinas), tendo nós acesso apenas a fragmentos de tentativas de Blanchot para traduzir alguns dos rascunhos e esboços escrevinhados em francês nos guardanapos de papel pela primeira vez distribuídos nos cafés de Paris e de Amesterdão. Sabe-se que Maurice Blanchot era avesso à visibilidade matemática mas tinha um fraquinho pela (in)visibilidade dos outros. Mantinha coleções infinitas de rascunhos de muitos dos melhores escritores do planeta, que até a data não foram publicados. Sabe-se que era admirado secretamente por todo o mundo e que vários autores lhe enviavam as suas obras para pedir conselhos, opiniões, ou simplesmente para que ele as guardasse. Mesmo após a sua morte, não é permitido aceder ao seu espólio, incluindo a sua biblioteca, por expressa vontade do seu autor. Há rumores de um encontro breve entre Nobre, Blanchot e Derrida, no final de 1953, todos discretamente vestidos em tons escuros e passando quase despercebidos em Leuven, sentados à roda de uma mesa no café Erasmus, no átrio da Universidade, onde se encontram os arquivos de Husserl. Conta o Sr. De Man, empregado neste bar durante 40 anos, que a conversa girava entre a estenografia, o lamentar o péssimo estilo literário de Derrida (aparentemente o próprio Derrida estava de acordo) e o desacordo sobre a possibilidade científica da filosofia. Curiosamente, e apenas a título de nota, em 2014 este café mudou de proprietário e de nome, passando de Erasmus para Gainsbourg, numa passagem nada subtil da referência à filosofia europeia para a paisagem pop-rock francesa... Desconhece-se se algum dos pensadores acima mencionados gostaria da sua música.

ESPÓLIO AN/1000

Transcrição de um excerto do Manifesto 2020.

"Até ao final do século morrerão todas as ideologias, cairão todas as barreiras geográficas, políticas e sexuais [...]. Será o fim das multidões, a celebração do fragmento, o fim da contagem dos povos pelos números e pelos arquivos. O mundo será das minorias, das imensas e profusas minorias. [...] Ainda assim, Blanchot só de passagem pode aspirar a ter razão."

ESPÓLIO AN/1111

Transcrição de um excerto do Manifesto 2020.

"[...] correr não serve para chegar depressa ao fim, deve-se correr para que o fim não chegue tão depressa [...], contra qualquer tipo de contrato com o mundo, contra o prolongamento da minha vida para além da minha morte. Contra ter contas no banco e apelidos nas portas.[86] Não me prendo a nada nem a um nome."

86 Curiosamente, este foi um hábito que se impregnou na vida portuguesa. Ao contrário das comuns campainhas de portas europeias, em Portugal não se coloca o apelido na porta de casa, vestígio provável das perseguições de que muitos foram alvo durante o período de ditadura, entre 1928 e 1974.

ESPÓLIO AN/1002

Transcrição de um excerto do Manifesto 2020.

"[...] a velocidade é bela mas não deve ser distribuída por todos, deve ser partilhada. Um automóvel deve ser um animal de viagens prolongadas e velozes e não para levar e trazer famílias do trabalho para casa. Queremos todos ter a velocidade, mas eu prefiro apanhar boleia."[87]

87 Pode hoje dizer-se que Acácio Nobre, enquanto colaborador de Richter & Co. projetou vários jogos de viagem, alguns especificamente desenvolvidos para o ocupante do "lugar do morto" ou dos bancos traseiros. Uma das suas mais famosas paciências, intitulada "Quando o seu veículo é um caracol", antecipa já as longas filas de trânsito que hoje preenchem cerca de 70% das vidas dos utilizadores de automóvel nas principais cidades de todo o mundo.

ESPÓLIO AN/1003

Transcrição de um excerto do Manifesto 2020.

"[...] deve produzir-se arte em série e não objetos em série. A sociedade pode ser de consumo mas não pode consumir qualquer coisa. [...] Defendo o acesso a qualquer objeto no mundo, mas não deve ser o objeto a deslocar-se até à pessoa e sim a pessoa até ao objeto".

ESPÓLIO AN/1004

Transcrição de um excerto do Manifesto 2020.

"[...] proclamo o fim da imagem [...].[88] A arte existe-nos e acontece-nos, não tem o dom de nos (e de se) poder arquivar".

88 Quando Acácio Nobre sugere o fim da imagem, sugere que tal aconteça em 1920 ou em 2020?

ESPÓLIO AN/1005

Transcrição de um excerto do Manifesto 2020.

"As massas amarguram-me, gostam de máximas mas não gostam de filosofias."

ESPÓLIO AN/1006

Transcrição de um excerto do Manifesto 2020.

"Amor só é amor quando é possível e só é possível quando é platónico, todos os outros tipos de amor se transformam sempre noutra coisa, em poder, em inveja, em perda ou em casamento."

ESPÓLIO AN/1007

Transcrição de um excerto do Manifesto 2020.

"A única coisa que vale a pena reproduzir é mesmo a Arte. Copiando, as ideias viajam mais depressa. Repetem-se até chegarem ao sítio ou ao momento certos, até serem roubadas e idealizadas de novo. Sim, porque as únicas coisas que se devem roubar são mesmo as ideias. [...] independentemente do número de cópias, a arte deverá sempre valer milhões [...], um ser humano deixa de ser humano quando não pensa para além do pensar."

ESPÓLIO AN/1009

Transcrição de um excerto do Manifesto 2020.

"[...] é o tempo que viaja em nós, e não nós que viajamos no tempo".[89]

89 Este último fragmento é uma menção direta a H. G. Wells e à sua referência a uma máquina de viajar no tempo que fica no mesmo lugar – nela, viajamos imóveis (*Time Machine*, 1895).

ESPÓLIO AN/1012

Transcrição de um excerto do Manifesto 2020.

"A prática escangalha a teoria! Como obter, recuperar e defender alguma coerência ou reputação?"

ESPÓLIO AN/1014

Transcrição de um excerto do Manifesto 2020.

"Numa época em que as ideias podem condenar um homem, um homem não assina as suas ideias, não por ter medo delas mas para que elas possam viver por mais tempo do que ele."[90]

90 Esta referência à necessidade política de um pseudónimo (e não heterónimo) explica talvez o seu fascínio velado por Pessoa, com quem se cruzou pela primeira vez quando Pessoa pediu a Nobre para lhe ler a mão de Ricardo Reis, temendo para breve a sua morte. Ricardo Reis era o único dos heterónimos que mantinha relações com Acácio enquanto *penfriend* e considerava importante despedir-se do homem que, segundo ele, "mudou a história do futuro de Portugal". Alguns estudos, hoje, apontam para a existência de um texto escrito a quatro mãos, que deveria ter sido publicado anonimamente no terceiro número da *Orpheu*. O texto foi recusado pelos outros membros da revista, provando o argumento de Acácio sobre a importância desmesurada dos nomes numa decisão sobre a qualidade das obras. Após a renúncia dos futuristas, surgiram vários rumores sobre a autoria deste texto, do qual se conhecem apenas fragmentos. Pensa-se ainda que a seguinte referência, um repúdio claro de Pessoa a obras criadas coletivamente, demonstrado numa carta enviada a Pacheko, pode estar relacionada com este evento: "não assino a representação pois não assino nada em conjunto, cooperação ou colaboração com alguém. Você de resto sabe disso. Individualista absoluto e como Dantas Baracho, antes só que até bem acompanhado". In *Correspondência de Fernando Pessoa*, Assírio & Alvim, 1999.

ESPÓLIO AN/0020

Lepidóptero. Esboço de 1926 de projeto de máquina do tempo por exclusão das horas através do sono, da meditação, da levitação, do voo picado e da metamorfose através da biomímica.

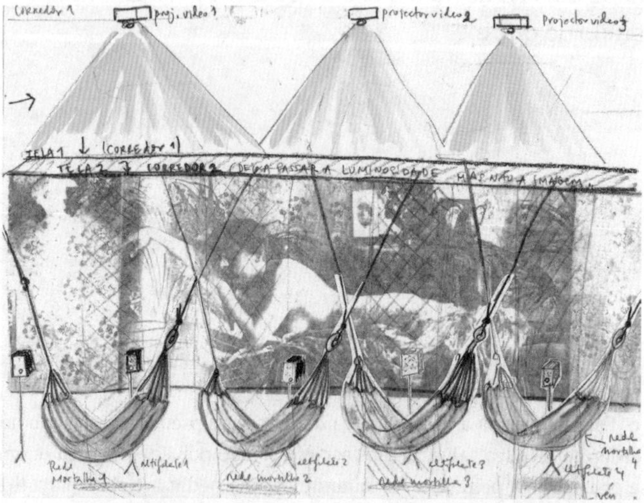

ESPÓLIO AN/0029

Esboços para a construção/adaptação da natureza ao projeto Casa Viva (1930-33).[91]

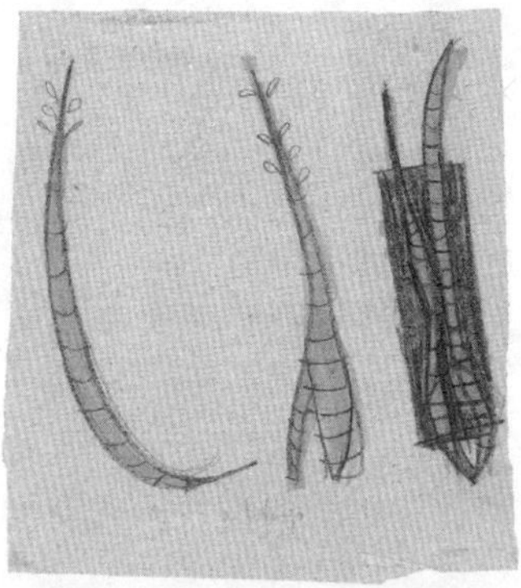

91 Acácio Nobre foi pioneiro na reflexão sobre ecoarquitetura feita de materiais ainda vivos, como madeira e cortiça. O seu projeto Casa Viva consistia em conduzir o crescimento de diferentes árvores, plantas e trepadeiras de forma a criar paredes, quartos, garagens, despensas e mesmo a decoração das casas.

Por esta ordem de ideias, um bom arquiteto ou uma boa dona de casa seriam também bons jardineiros. As casas demorariam 25 anos a construir, o tempo médio de crescimento de uma árvore (muito menos do que uma catedral!) e teriam uma durabilidade de pelo menos 154 anos, a avaliar pelas suas previsões. Segundo as suas notas, Acácio nunca chegou a construir o projeto Casa Viva por falta de financiamento.

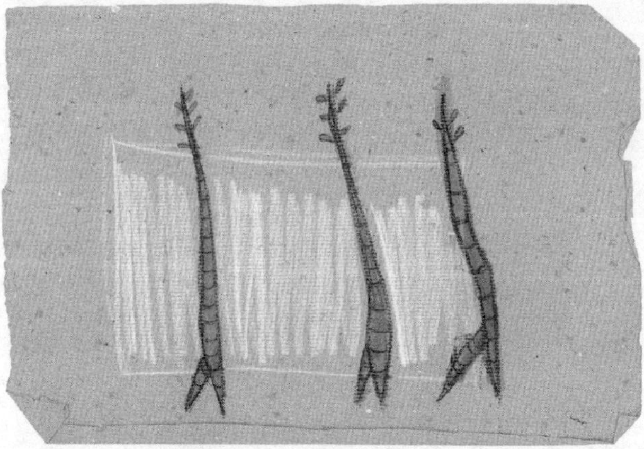

ESPÓLIO AN/0021

Apontamentos para Projeto 45. Arte para ver ao microscópio. Arte minúscula que só se vê com muita atenção. Projeto inacabado (esboço de 1924).

ESPÓLIO AN/0199

Transcrição de um telegrama de 3 de agosto de 1967.

Exmo. Sr. Nobre[92]
Conteúdo carta suspeito. Possível espionagem.
Comparência urgente a 24, 12h, na R. António Maria Cardoso, 18.

92 Aparentemente, a única resposta que Acácio Nobre recebe à sua variada correspondência dirigida ao Secretário d'Estado é este telegrama.

ESPÓLIO AN/0200

Fac-símile de um telegrama não oficial seguido de transcrição.[93]

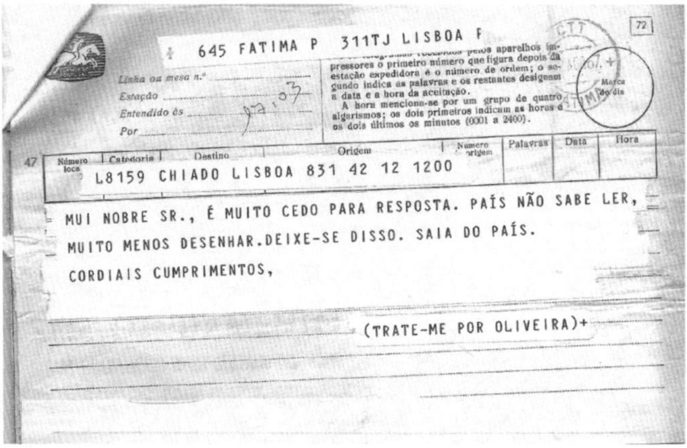

645 FATIMA P 311TJ LISBOA F

Linha ou mesa n.º

Estação

Entendido às

Por

... aparelhos impressores o primeiro número que figura depois da estação expedidora é o número de ordem; o segundo indica as palavras e os restantes designam a data e a hora da aceitação.
A hora menciona-se por um grupo de quatro algarismos; os dois primeiros indicam as horas e os dois últimos os minutos (0001 a 2400).

Número local	Categoria	Destino	Origem	Número origem	Palavras	Data	Hora
L8159		CHIADO LISBOA	831 42 12 1200				

MUI NOBRE SR., É MUITO CEDO PARA RESPOSTA. PAÍS NÃO SABE LER,
MUITO MENOS DESENHAR.DEIXE-SE DISSO. SAIA DO PAÍS.
CORDIAIS CUMPRIMENTOS,

(TRATE-ME POR OLIVEIRA)+

93 Este telegrama tem a mesma data do telegrama anterior, pelo que se pressupõe que terão sido recebidos no mesmo dia. Não se sabe se Acácio Nobre alguma vez teve conhecimento deles. A data corresponde precisamente a um ano antes das lesões que António de Oliveira Salazar, então Presidente do Conselho de Ministros de Portugal, sofreu ao cair de uma cadeira a 3 de agosto de 1968, durante as suas habituais férias no forte de Santo António do Estoril.

Mui Nobre Sr.,
É muito cedo para resposta.
País não sabe ler, muito menos desenhar.
Deixe-se disso.
Saia do país.
cordiais cumprimentos,

(Trate-me por Oliveira)[94]

94 Para quem já não se lembra, ou não viveu em Portugal na época, ou nunca leu sobre o assunto, António de Oliveira Salazar foi um ditador e criador do Estado Novo em Portugal, inspirado em grande parte em ideologias fascistas. Acreditava na ideia de manter um Portugal pluricontinental numa época em que todas as outras potências largavam as suas colónias, foi responsável pela morte de muitos portugueses na Guerra Colonial e apoiava-se numa polícia secreta que reprimia toda e qualquer liberdade básica ou política, a PIDE. Apesar disso, foi eleito, num concurso televisivo através de uma votação popular, em 2003, "o maior português de sempre", no mesmo ano em que, por exemplo, na Bélgica, o eleito foi Jacques Brel na região francesa e o (Santo) Padre Damian na região flamenga.

ESPÓLIO AN/0023

Transcrição de um fragmento de uma nota posteriormente inserida no *Diário Retrospectivo*.

"Há pessoas que só escrevem sobre aquilo que acham que lhes acontece e não sobre o que lhes acontece mesmo.

A mim aconteceu-me tudo e escrevo pouco sobre isso."[95]

95 Esta nota poderia ter sido escrita no mesmo dia em que recebeu os dois telegramas reproduzidos nas páginas anteriores.

ESPÓLIO AN/0043

Fac-símile e transcrição de carta de Acácio Nobre enviada a Alva.

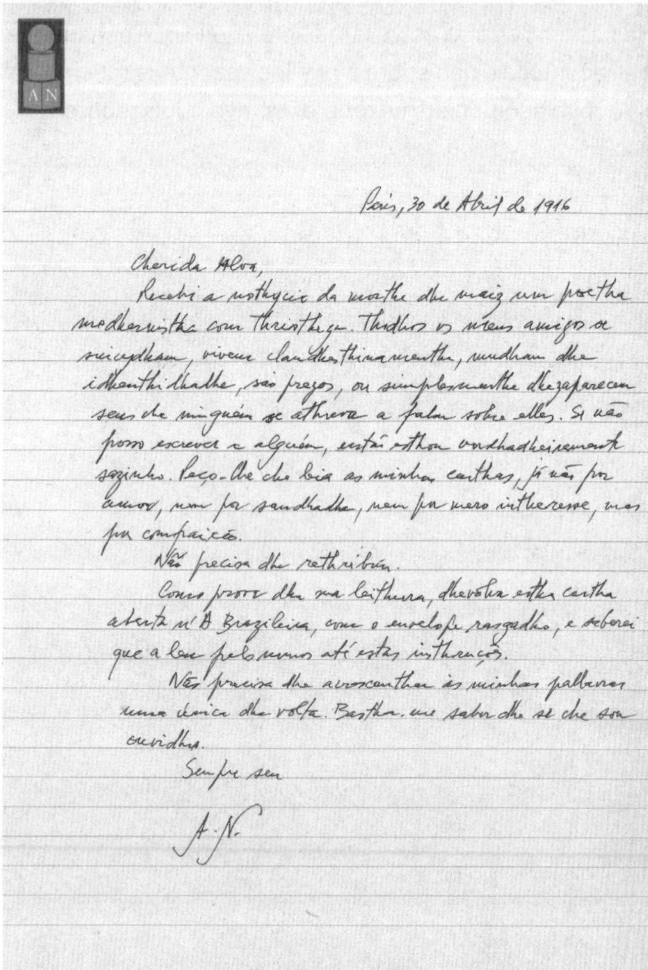

Paris, 30 de Abril de 1916

Cherida Alva,

Recebi a nothycia da morthe dhe maiz um poetha modhernistha com thristheza. Thodhos os meus amigos se suicydham, vivem clandhesthinamenthe, mudham dhe idhenthidhadhe, são prezos, ou simplesmenthe dhezaparecem sem che ninguém se athreva a falar sobre elles. Si não posso escrever a alguém, então esthou verdhadheiramenthe sozinho. Peço-lhe che leia as minhas carthas, já não por amor, nem por saudhadhe, nem por mero intheresse, mas por compaixão.

Não precisa dhe rethribuir.

Como prova dhe sua leithura, dhevolva esta cartha aberta n'A Brazileira, com o envelope rasgadho, e saberei que a leu pelo menos até estas insthruções.

Não precisa dhe acrescenthar às minhas pallavras uma única dhe volta. Basthe-me saber dhe se che sou ouvidho.

Sempre seu

A. N.

Paris, 30 de abril de 1916

Querida Alva,[96]

Recebi a notícia da morte de mais um poeta modernista[97] com tristeza. Todos os meus amigos se

---

96 Cópia da carta entregue na Brazileira a 22 de maio de 1916, dirigida a Alva, a mulher misteriosa na vida de Nobre que, supostamente, lhe ofereceu a famosa joia que ele trazia sempre consigo, no bolso, presa por uma corrente de relógio. "Serve para passar bem as horas em vez de verificar que horas são", dizia Acácio com alguma ironia sobre esta joia. Não se sabe se Alva recebeu esta carta. Não há registo da sua devolução e eu esqueci-me de lhe perguntar, na única vez que a encontrei, se alguma vez a recebeu. E de apontar que esta é a primeira carta em que os d's deixam de ser seguidos de um h'. É de apontar também que o facto de Acácio Nobre ter em sua posse esta carta pode indicar que: ou Nobre nunca remeteu esta carta a Alva; ou a carta foi devolvida tal como pedido por Acácio. A carta foi encontrada sem envelope pelo que não é possível confirmar pelo menos uma das teorias.

97 Tendo em conta a data desta carta, é possível que este poeta desaparecido seja Mário de Sá-Carneiro ou Georg Trakl (este último morreu em 1914, mas é possível que Acácio Nobre só tenha sabido mais tarde). Tendo em conta a relação quase secreta que Acácio Nobre mantinha com Sá-Carneiro em Paris, relação essa que Fernando Pessoa e todos os seus heterónimos reprovavam, não sem uma pontinha de ciúme pelo caráter aventureiro de Nobre, que nenhum deles poderia ter, e tendo em conta que no final deste livro transcrevemos um fragmento de uma conversa em que Acácio Nobre descreve um dos seus esboços a um tal de Mário, caso este Mário seja o próprio poeta, esta pode ter sido uma das suas últimas conversas antes de Sá-Carneiro se suicidar a 26 de abril de 1916.

Esta suspeita é verosímil devido à referência, no dito esboço, a um fato pendurado num cabide, fato esse que, segundo consta, Acácio trocara com Sá-Carneiro em 1916, na mesma tarde em que este se suicida com cinco gramas de estricnina. Antes de tomar o veneno, Sá-Carneiro limou as unhas, vestiu o fato de Acácio, penteou o cabelo e deitou-se na cama esperando a morte. O dono do hotel disse ainda ter ouvido um mui gemido "Au secours". O fato era de fazenda italiana e pensa-se que fora trocado anteriormente com Italo Svevo, garantiam as lendas, suicidam, vivem clandestinamente, mudam de identidade, são presos, ou simplesmente desaparecem sem que ninguém se atreva a falar sobre eles. Se não posso escrever a alguém, então estou verdadeiramente sozinho. Peço-lhe que leia as minhas cartas, já não por amor, nem por saudade, nem por mero interesse, mas por compaixão.

Não precisa de retribuir.

Como prova da sua leitura, devolva esta carta aberta na Brazileira, com o envelope rasgado, e saberei que a leu pelo menos até estas instruções.

Não precisa de acrescentar às minhas palavras uma única de volta. Basta-me saber de si que sou ouvido.

Sempre seu,

AN

---

aquando da sua estada em Como, Itália, e tinha bordado no interior das bainhas das mangas o seguinte comentário: "Não há tempo, e é por isso que tudo tem de se desenrolar muito vagarosamente."

A nossa escolha recai, no entanto, sobre Trakl, e não sobre Sá-Carneiro, mantendo desta forma velado o verdadeiro amor que Sá-Carneiro e Nobre partilhavam, não só pelo autor mas um pelo outro, como forma de evitar melindrar Pessoa ou Alva. Ou ainda Ofélia. Ou Pacheko.

ESPÓLIO AN/0058

Transcrição de carta que, embora completa, nunca terá sido enviada.

Manhufe, 23 de maio de 1929

Excelentíssimo Senhor Marinetti,[98]

A reconciliação do futurismo com o passadismo é inaceitável. Reúnem-se vocês mais uma vez, agora em

---

98 A carta a Marinetti foi uma das razões do afastamento de Acácio Nobre pelos futuristas portugueses, que, desde então, se recusaram a pronunciar o seu nome. A outra razão prende-se com o facto de poder ter sido Acácio o homem desconhecido que bradou um discurso de oposição aos futuristas da última fila da plateia do teatro da República (hoje Teatro Municipal de São Luiz), quando Almada entrou em palco, apelidando todos os artistas portugueses de sebastiões fascistas; Acácio desmaiou de imediato, tendo sido levado de maca para fora da sala. Até hoje, sobre este momento sabe-se apenas o que ficou na memória, nas bocas dos presentes e num bloquinho de notas com alguns apontamentos possivelmente relativos a este discurso, do qual citamos aqui um pequeno fragmento: "[...] o artista português tem um problema de classe, prefere morrer a fome sem nunca ter pintado um quadro a deixar morrer a sua "reputação" de artista; o artista português prefere a sua condição à sua obra. Prefere reclamar contra o Dantas que contra toda a academia ou contra o Estado só porque todos estão agradavelmente mais de acordo que ele morra só em PIM! [...]. O artista português tem medo de tudo e por isso grita com orgulho que não faz nada e ainda por cima, nos intervalos do que não faz, atreve-se a beber café... com açúcar! O artista português é sempre um Sebastião fascista, pá!" (julga-se ser este o primeiro "pá" subversivo a ser proferido em público e a ser registado por escrito... Conta-se ainda que Álvaro de Campos escreveu a seguinte frase após o espetáculo do homem desconhecido que poderia ter sido Acácio Nobre: "[...] o Poeta que busque a Imortalidade ardentemente e não se importe com a fama que é para as atrizes e para os produtos farmacêuticos" ("Ultimatum", in *Portugal Futurista*, nº 1. Lisboa: 1917).

Veneza, rodeados de palácios, luares, bibliotecas e antiquários, tudo o que sempre desprezaram.
A polivalência da contradição. O tempo dá para tudo, realmente! Passaram os anos e ainda me pergunto:

Morra o Dantas porquê?
Morra o Marinetti!
O Marinetti já morreu?
Então morra o manifesto de Marinetti!
E se o manifesto já morreu?
Morra a morte! Ora aí está um problema, a eternidade não existe a não ser na Arte, que supera todas as leis terrenas, a Arte e Quântica!

Mas como pode você perceber isto, se um futurista nem um jardim sabe plantar? Nem calcular! Sim, porque um futurista gosta de números mas não percebe a matemática, um futurista nem contemplar um quadro sabe! Perde-se! Como pode amar a velocidade e nem sequer ter tempo para ter tempo?

Porque um futurista não percebe que é o tempo que viaja em nós, e não nós que viajamos no tempo. Meu querido retro-futurista, você encravou-se num nacionalismo neurótico! A Arte levou sempre a política mais a sério do que a própria política, mas você, feito parvo, vendeu-a ao poder! Pior: aos generais! Você precisa de desigualdade para existir, de luta permanente! Você é estúpido! A guerra é a higiene do mundo? Pois eu lhe digo que as ideias é que matam.

As suas mas também as minhas.

Desapareceremos todos por centrifugação, mas eu cá prefiro comer-me.[99]

Morro na mesma pelas ideias, mas p'las minhas!

Atenciosamente,

Nobre

99 Neste último parágrafo desta carta a Marinetti, Acácio faz uma referência direta ao movimento antropofágico iniciado no Brasil em 1928 por Oswald de Andrade e que teve em Acácio um dos maiores seguidores em Portugal e na Europa.

ESPÓLIO AN/0015

Transcrição de apontamento solto posteriormente inserido no seu *Diário Retrospectivo* com data de 1915.[100]

"As palavras são insuficientes, só o desenho as pode completar."

100 Ou seria 2015?

ESPÓLIO AN/0016

Transcrição de apontamento solto de Acácio (manuscritos) posteriormente inserido no seu *Diário Retrospectivo* (1925 ou 2025?).

"O desenho é insuficiente, só as palavras o podem completar."

ESPÓLIO AN/PP/1002/1

Fac-símile e transcrição de rascunho de carta de Acácio Nobre dirigida a Alva.

A N

Amostadão, 12 de Janeiro de 1968

Querida Alva,

Escolher ter tempo é escolher não fazer parte deste mundo.

Com esta carta venho devolver a jóia que me offereceu há mais de 50 anos e que tenho trazido sempre comigo, no bolso direito, presa por uma corrente de relógio. Servia ela não para ver as horas mas para as passar bem, na companhia de muitas que já não recordo mas que, ao longo das décadas, me ajudaram a praticar o meu impossível esquecimento de si. Prolonguei-me, indeciso, sobre o carácter insufficiente das palavras e dos desenhos, sem me aperceber de que só consigo consegui atingir o excellente effeito das simplificações da Natureza através da Geometria enquanto prova da modernização do mundo através da

Amesterdão, 12 de janeiro de 1968

Querida Alva,

Escolher ter tempo e escolher não fazer parte deste mundo.

Com esta carta venho devolver a joia que me ofereceu há mais de 50 anos e que tenho trazido sempre comigo, no bolso direito, presa por uma corrente de relógio. Serviu ela não para ver as horas mas para as passar bem, na companhia de muitas que já não recordo mas que, ao longo das décadas, me ajudaram a praticar o meu impossível esquecimento de si. Prolonguei-me, indeciso, sobre o caráter insuficiente das palavras e dos desenhos, sem me aperceber de que só consigo consegui atingir o excelente efeito da simplificação da Natureza através da Geometria enquanto prova da modernização do mundo através da[101]

101 Carta inacabada em que Acácio comparava a sua teoria da necessidade do estudo da Geometria para o progresso do país com a sua relação amorosa e complexa com Alva, sobre a qual pouco se sabe. Esta é a única carta em que o uso de uma ortografia criativa, aparte certos vocábulos, parece ter sido abandonada, revelando q's de 9's, acentos vários e vários s's em vez de z's.

ESPÓLIO AN/0609

Transcrição de *Diário Retrospectivo* (página 1).

Decido começar a escrever um diário em rewind – escrevendo para trás posso fazer frente à minha época. Um homem pode, em teoria, escapar a todas as catástrofes do seu século, ficando assim livre para pensar um futuro melhor, livre das suposições da sua atualidade. Não temos de ser todos reféns do nosso passado coletivo.

Sou recolhido por umas freiras belgas que vivem em silêncio no convento de Brecht. Sobrevivo à Segunda Guerra Mundial sem saber da sua existência e descubro que as palavras me são importantes só para escrever e não para falar, são importantes para tornar visíveis a reflexão e o pensamento. Abandono o meu projeto da máquina falante. Reciclo todas as suas peças para construir a máquina de escrever que me acompanhará até ao fim dos meus dias.

Foi longa a minha estada no convento, sempre vestido de freira, desempenhando as tarefas domésticas de dia e viajando por outros afazeres de noite. O meu silêncio terminou quando Alva entrou pelo convento adentro, não só aos berros mas aos palavrões. De tal forma o tom era insultuoso que todas as irmãs se refugiaram no bunker do convento como se a Grande Guerra não tivesse acabado (e de facto ainda não terminou). Conseguimos manter o volume ensurdecedor das nossas vozes até ao amanhecer, quando fomos escorraçados pelas freiras, horrorizadas e finalmente convencidas de que eu era um impostor: afinal falava, afinal tinha uma amante, afinal não fugia de uma grande guerra, afinal não era uma vítima, afinal, afinal, afinal.

Tudo poderia ter sido outra coisa.

FIM

Pós-Facies

Conheci Alva em 2001 quando ela já tinha 97 anos.

Mal ela abriu a porta, apresentei-me e terminei com um "muito prazer".

Alva respondeu-me de imediato:

– Prazer só na cama, menina!

Fiquei sem saber o que fazer ou dizer. Alva desvia-se para eu entrar:

– Só o sexo porra mede a importância do corpo puta inteiro na vida de um casal – explicou. – Não vem cá para falar sobre merda o Acácio, pois não? Não tenho nada para lhe dizer sobre ele a não ser que caralho era ótimo na cama.

Decidi que o aviso não me dissuadiria, e optei por lhe mostrar algumas cartas do Acácio que trazia, assim como uma foto dela enquanto nova com um sorriso deslumbrante.

Passamos a tarde a conversar sobre Acácio. Alva contou-me como nunca quis ter filhos e como odiava a dedicação de Acácio à construção de brinquedos só para adultos. Por isso se dedicara toda a vida a construir brinquedos para adultos.

– Raramente aparecíamos os porra dois em público: O Acácio não falava, eu, puta, só dizia merda!

Alva sempre fora linda de morrer, esguia, sedutora, com os seus 1,80m apoiados nuns chinelos de salto alto em cabedal italiano e, conta a lenda, usara sempre vestidos cortados à medida pela melhor modista de Lisboa,

Conceição Narciso. Sofria da doença de Tourette,[102] praguejava constantemente!

– Tens uma cabrona d'uma sorte em porra apanhares-me viva! Disse-me Alva.

– Quase morri no Haiti, na semana passada, numa porra de um ritual de vudu em que tentei contactar o cabrão do Acácio. Esqueci-me de avisar porra o feiticeiro de que tinha tomado merda uma caixa inteira de Fentanyl para aguentar as dores de caralho uma operacão que fiz há pouco tempo e a experiência merda correu mal: parecia um porra zombie. Andei três dias à deriva pela merda

---

102 De acordo com o National Institute of Neurological Disorders and Strokes, a síndrome de Tourette (também conhecido por TS) é uma doença hereditária do foro neurológico caracterizada pela produção de vários movimentos repetitivos, mais conhecidos por "tiques", e pelo menos uma vocalização repetitiva e estereotipada. A doença tem o nome do seu primeiro investigador, o Dr. Georges Gilles de la Tourette (1857-1904) e foi estudada e analisada pela primeira vez numa mulher da nobreza francesa de 86 anos.

A doença manifesta-se habitualmente em tiques nos homens e em comportamentos obsessivos-compulsivos nas mulheres – o caso de Alva é uma das muitas exceções, manifestando-se através de um chorrilho de palavrões que se espalhavam desordenadamente pelas frases que proferia (mesmo quando declamava poesia), um morder do canto direito do lábio e por um insistente ajustar do corpete com a mão direita, que intercalava com a colher de café com que insistentemente misturava o açúcar que (não) punha no café, mesmo quando a chávena já se encontrava vazia, rodando duas vezes a colher na direção contrária à dos ponteiros do relógio com a sua mão esquerda, terminando sempre com duas batidinhas ao de leve no cantinho superior da chávena. Eram conhecidas as vezes que Alva se entusiasmava e partia a chávena com uma batida mais forte, que acompanhava um poema mais exaltado ou uma conversa mais efusiva. Quando se nasce com Tourette, fica-se com Tourette para toda a vida. A síndrome de Tourette não é, no entanto, contagiosa.

da cidade sem saber puto onde estava e sem que ninguém me porra acudisse. É a porra da sociedade de consumo. Por sorte um homem caralho de negócios congolês enfiou-me num barco com merda uma morada na pochete e dez dias depois acordei em casa... estava convencida de porra que tinha ido desta para melhor e confesso merda que foi uma puta de uma desilusão perceber que não me tinha batido caralho a caçoleta. Uma pessoa acha que só porque já não tem grande merda espírito, só é preciso livrar-se da merda do corpo. Mas não é assim tão simples escolher a morte porra certa quando se está meio foda-se vivo, falta só metade da vida para abater caralho mas não se sabe bem do que é que merda é feita, e, para se ter sucesso, foda-se convém preparar duas porra ou três mortes e executá-las umas porra atrás das outras para se ter a certeza merda de que no dia seguinte não se acorda a morder a merda de um pescoço de alguém. Escolho caralho matar-me mais uma vez, mas desta feita imagino a porra minha morte como um espetáculo merdoso para toda a encaralhada família, num domingo à merda tarde, já sem corpo e sem merda espírito. Falta só dar cabo da alma, para ter a certeza de que dali não vou para porra mais lado nenhum, nem para o inferno! Morro, caralho, por completo com uma pitadinha de sal pelo cu acima. Como manda a tradicão, caneco! Deito-me aqui na *récamier*, ou ao colo merda de uma alma caridosa que me queira ver esvaída, e inspiro esse mar merda picado como se de rapé se tratasse e em quantidade porra suficiente para fazer estalar as putas das narinas e anestesiar a merda do olfato; depois, como uma caralho boa *yogi* que já fui, exercito o deixar de existir como porra se, de novo, deixasse de respirar, calma e lentamente, até parar o coração virtual que ainda tenho. Passarei merda por muitas cores e estados de alma mas puta ninguém repara. Será tudo silencioso e as memórias que já perdi, uma a uma, desprender-se-ão e deixar-se-ão partir caralho espalhando-se por esta sala, caindo nas memórias merda de alguns, fugindo das de muitos, parasitando as de outros, farão remoinhos na estratosfera, darão porra muitas cambalhotas em ambientes sem gravidade, até repousarem na puta da Terra outra vez, esse caralho de planeta do qual não me porra consigo livrar, e, devagarinho, eu que já não sou eu, voltarei ao que sempre fui por brevíssimos instantes, intacta merda e bela, com 1,80m e os meus saltos altos, mas caralho invisível. Darei um último cabrão de um suspiro de alívio e morrerei. Já morta, e feliz, ainda farei uma última viagem para beber porra um cházinho com o Acácio, mesmo merda antes de desaparecer por completo.

Antes que eu perguntasse alguma coisa, Alva mostra-me uma carta que desconhecia:

– "escolher ter tempo, é escolher não fazer parte deste mundo".

– "Escolher ter tempo merda é escolher não fazer parte deste mundo" – repetiu Alva. – Foi este o último caralho recado que me deixou, aqui, na mesa da cozinha – confessou me. – Sabia, quando o li, que porra nunca mais o voltaria a ver e esforcei-me por me lembrar de merda como tinha sido a última vez que o tinha visto. Não fazia puta de ideia.

Contemplávamos as duas a joia de Acácio, em silêncio, o famoso pronunciador de prazeres femininos que dominou os mexericos do mulherio francês nos circuitos surrealistas. Olho para este pronunciador e Alva conta-me que Acácio guardava uma coleção de fotografias com sorrisos de utilizadoras da joia.

Alva dá-me o pronunciador para as mãos.[103]

– Queres? Leva.

E saiu porta fora. Sem mala, sem chave, sem nada. Nunca mais a vi.

Mesmo antes de nos despedirmos, Alva entrega-me um envelope com uma chave, dizendo-me ao ouvido que se trata da chave da sede do C.A.A.N. Quem tem a chave é automaticamente membro de um clube onde todos se encontram para escrever, em silêncio.

Levei 16 anos a abrir o envelope.

103 Acácio Nobre foi ainda um conhecido praticante de todas as formas de "oxitocinagem", desafiando todos os tabus sexuais da sua época, mesmo entre os círculos mais radicais e experimentalistas da paixão e seus derivados, introduzindo na vida moral portuguesa e mundial conceitos alternativos de relações humanas que ainda hoje são pouco mencionados. A oxitocina é considerada a hormona do amor (ou do abraço) e estimula o mesmo processo químico que é libertado durante um orgasmo, durante o trabalho de parto, ou ainda durante uma simples conversa ou um olhar mais cúmplice entre dois amigos (ou mesmo estranhos). Sobre este aspeto da vida de Acácio Nobre haveria muito mais a dizer, mas este tópico ultrapassa o âmbito do presente estudo.

ESPÓLIO AN/1001

Pronunciador de prazeres em ouro velho e...

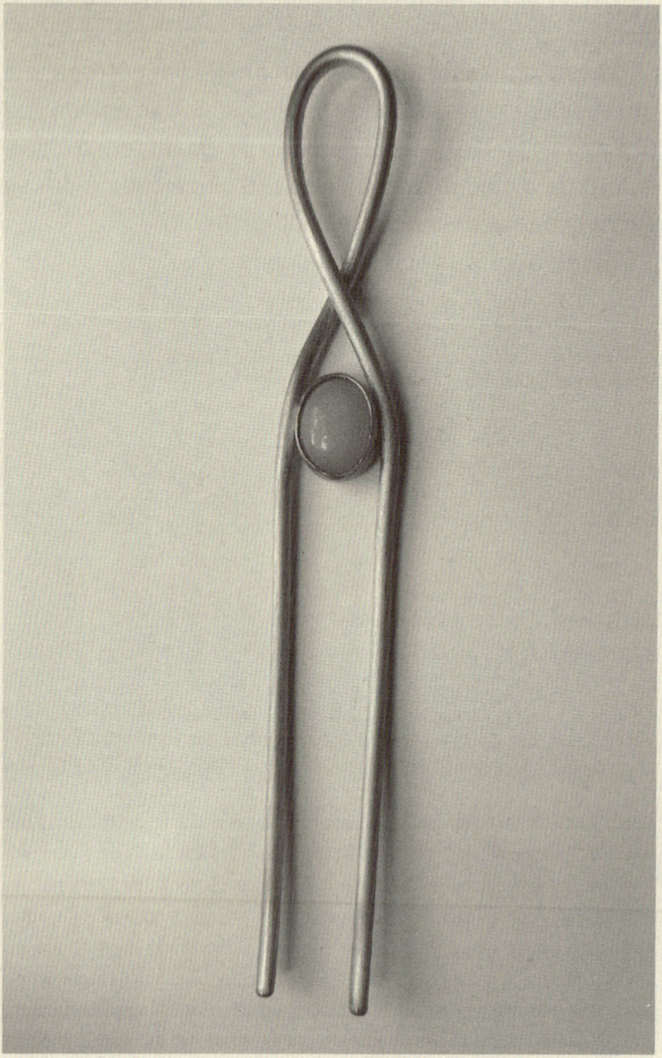

ESPÓLIO AN/PP/1002

Carta manuscrita de Alva a Patrícia Portela seguida de transcrição.

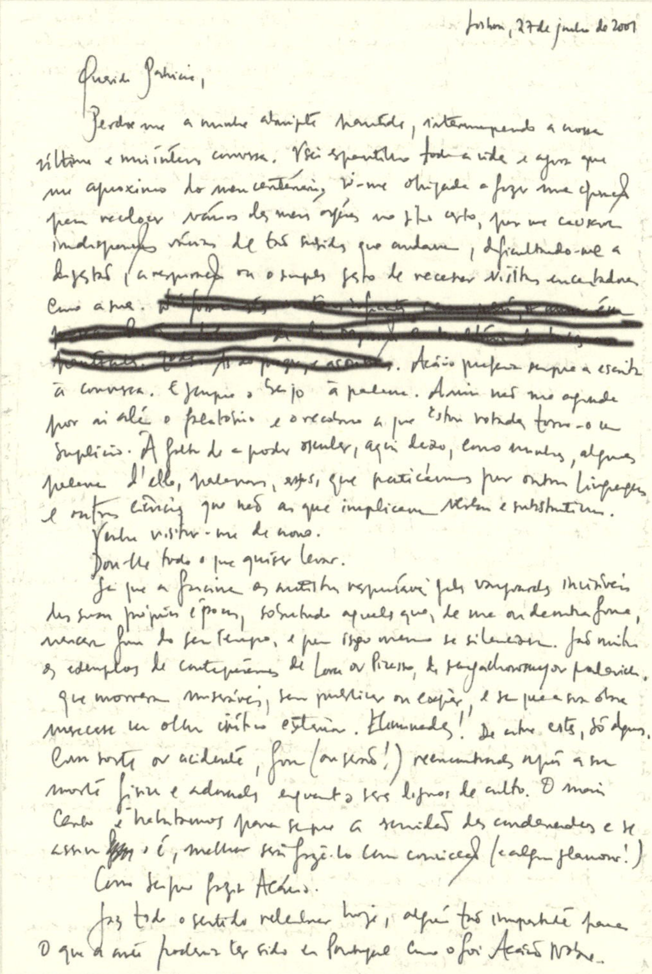

Lisboa, 27 de julho de 2001

Querida Patrícia,

Perdoe-me a minha abrupta partida, interrompendo a nossa última e mui íntima conversa. Vivi espartilho toda a vida e agora que me aproximo do meu centenário vi-me obrigada a fazer uma opção para recolher vários dos meus ofícios no [illegible] certo, por me causarem indisposições várias de tão sentidas que andam, dificultando-me a digestão, a respiração ou o simples gesto de receber visitas encantadoras como a sua. [redacted]. Acácio preferia sempre a escrita à conversa. E sempre o beijo à palavra. Assim não me agrade por aí além o platonismo e o recalcamento a que estou votada tornou-o um suplício. À falta de o poder oscular, aqui deixo, como muitos, algumas palavras d'ele, palavras, essas, que praticávamos por outras linguagens e outras ciências que não as que implicam verbos e substantivos.

Venha visitar-me de novo.

Dou-lhe tudo o que quiser levar.

Sei que a fascina os artistas responsáveis pelas vanguardas invisíveis das suas próprias épocas, sobretudo aqueles que, de uma ou de outra forma, nascem fora do seu tempo, e por isso mesmo se silenciam. São muitos os exemplos de contemporâneos de Lorca ou Picasso, de [illegible], que morreram invisíveis, sem publicar ou expor, e se por acaso a sua obra merecesse um olhar crítico estrangeiro. Iluminados!! De entre estes, só alguns, com sorte ou acidente, foram (ou serão!) reencontrados após a sua morte física e adorados enquanto seres dignos de culto. O mais certo é habituarmo-nos para sempre à servidão dos condenados e se assim o é, melhor será fazê-lo com convicção (e algum glamour!)

Como sempre fazia Acácio.

Faz todo o sentido relembrar hoje, alguém tão importante para o que a arte poderia ter sido em Portugal como o foi Acácio Nobre.

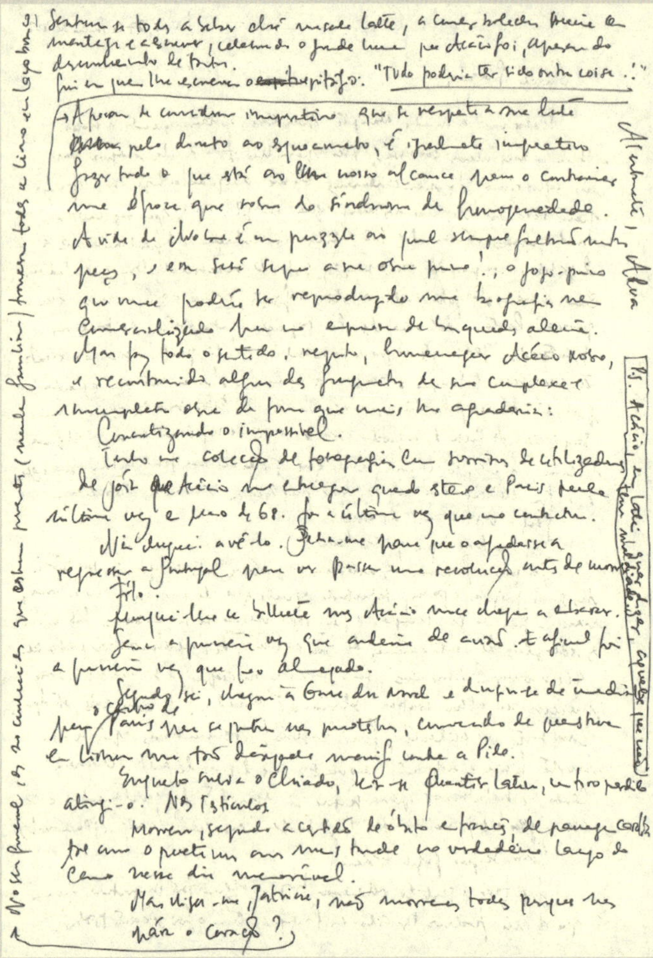

91 Sentaram-se todos a beber chá [illegible] leite, a comer [illegible] de manteiga e açúcar, celebrando o grande homem que Acácio foi, apesar do desconhecimento de todos.
Fui eu que lhe escrevi o ~~[illegible]~~ epitáfio: "Tudo poderia ter sido outra coisa...!"
→ Apesar de considerar imperativo que se respeite a sua luta pelo direito ao esquecimento, é igualmente imperativo fazer tudo o que está ao nosso alcance para o contrariar numa época que sofre do síndroma de homogeneidade.
A vida de Acácio é um puzzle ao qual sempre faltarão muitas peças, e em [illegible] a sua obra [illegible]..., o jogo-puzzle que nunca poderia ser reproduzido numa biografia nem comercializado para uso de brinquedo algum.
Mas por todo o sentido, repito, homenagear Acácio Nobre, é reconstruir alguns dos fragmentos da sua complexa e incompleta obra da forma que mais lhe agradaria:
Concretizando o impossível.
Tenho uma colecção de fotografias [illegible] de [illegible] de jóia que Acácio me entregou quando esteve em Paris pela última vez, e [illegible] de 68. Foi a última vez que nos contactámos.
Não cheguei a vê-lo. Pediu-me para que o ajudasse a regressar a Portugal para ver [illegible] uma revolução antes de morrer.
Fi-lo.
Perguntei-lhe se o bilhete [illegible] Acácio nunca chegou a [illegible].
Seria a primeira vez que andaria de avião. E afinal foi a primeira vez que foi [illegible].
Segundo sei, chegou à Gare do [illegible] e [illegible] de imediato o Chiado de [illegible] para se juntar aos protestos, [illegible] em Lisboa uma [illegible] a Pide.
Enquanto subia o Chiado, [illegible] um tiro perdido atingiu-o. NB [illegible]
Morreu, segundo a certidão de óbito e [illegible], de paragem cardíaca, tal como o poeta [illegible] anos mais tarde no verdadeiro Largo do Carmo nesse dia memorável.
Mas diga-me, Patrícia, não morremos todos porque nos pára o coração?

Atentamente, Alva

P.S. Acácio, em todo [illegible]

No seu funeral [illegible] (muita família) [illegible] todos e [illegible]

Lisboa, 27 de junho de 2001

Querida Patrícia,

Perdoe-me a minha abrupta partida interrompendo a nossa última e mui intensa conversa.

Usei espartilho toda a vida e agora que me aproximo do meu centenário vi-me obrigada a fazer uma operação para recolocar vários dos meus órgãos no sítio certo, por me causarem indisposições várias de tão subidos que andavam, dificultando-me a digestão, a respiração ou o simples gesto de receber visitas encantadoras como a sua. [...] Acácio preferia sempre a escrita à conversa. E sempre o beijo à palavra. A mim não me agrada por aí além o falatório e o recobro a que estou votada torna-o um suplício. À falta de a poder oscular, aqui deixo, como minhas, algumas palavras da vida d'ele, palavras, essas, que praticávamos por outras linguagens e outras ciências que não as que implicam verbos e substantivos.

Venha visitar-me de novo.

Dou-lhe tudo o que quiser levar.

Sei que a fascinam os artistas responsáveis pelas vanguardas invisíveis das suas respetivas épocas, sobretudo aqueles que, de uma ou de outra forma, nasceram fora do seu tempo e por isso mesmo se silenciaram. São muitos os exemplos de contemporâneos de Lorca ou Picasso, de Mayakovsky ou Malevich, que morreram miseráveis, sem publicar ou expor, e sem que a sua obra merecesse um olhar crítico exterior. Eliminados. De entre estes, só alguns, com sorte ou acidente, foram reencontrados após a sua morte física e adorados enquanto seres de culto. O mais certo é habitarmos para sempre a escuridão dos condenados e, se assim é, melhor será fazê-lo com convicção (e algum glamour).

Como sempre fazia Acácio.

Faz todo o sentido relembrar hoje alguém tão importante para o que a Arte poderia ter sido em Portugal como o foi Acácio Nobre. Apesar de considerar imperativo que se respeite a sua luta pelo direito ao esquecimento, e igualmente imperativo fazer tudo o que está ao nosso alcance para o contrariar numa época que sofre da síndrome da homogeneidade. A vida de Nobre é um puzzle ao qual faltarão sempre peças, e essa será sempre a sua maior obra-prima, o jogo-primo que nunca poderá ser reproduzido numa biografia nem comercializado por uma empresa de brinquedos alemã.

Mas faz todo o sentido, repito, homenagear Acácio Nobre, reconstruindo alguns dos fragmentos da sua complexa e incompleta obra da forma que mais lhe agradaria: concretizando o impossível.

Tenho uma coleção de fotografias com sorrisos de utilizadoras da joia que Acácio me entregou quando esteve em Paris pela última vez em 68. Foi a última vez que me contactou. Nem cheguei a vê-lo. Pedia-me para que o ajudasse a regressar a Portugal para ver passar uma revolução antes de morrer.

Fi-lo.

Marquei-lhe um bilhete mas Acácio nunca chegou a embarcar.

Seria a primeira vez que andaria de avião. E afinal foi a primeira em que foi alvejado.

Segundo sei, chegou à Gare du Nord e dirigiu-se de imediato para o centro de Paris para se juntar aos protestos, convencido de que estava em Lisboa numa tão desejada manifestação contra a PIDE.

Enquanto subia o Chiado, leia-se Quartier Latin, um tiro perdido atingiu-o. Nos testículos.

Morreu, segundo a certidão de óbito, de paragem cardíaca, tal como um poeta uns anos mais tarde no Largo do Carmo num certo dia memorável.

Mas diga-me, Patrícia, não morremos todos porque nos para o coração?

No seu funeral, os 20 conhecidos que estavam presentes (nenhum familiar) trouxeram todos um livro e um laço branco, e sentaram-se todos a beber chá Masala Latte, a comer bolachas Maria com manteiga e a escrever, celebrando o grande homem que Acácio foi, apesar do desconhecimento de tantos.

Fui eu quem lhe escreveu o epitáfio:

"Tudo poderia ter sido outra coisa."

Atenciosamente,

Alva

PS: Acácio, em latim, quer dizer: aquele que não tem maldade.

O envelope que a Alva me deixara, apesar de pesado, parecia vazio.

Olhei com mais atenção e encontrei esboços de pinturas nunca expostas de Acácio. Como nenhum membro do C.A.A.N. pode ter mais do que três obras do mesmo autor, partilho aqui duas.

ESPÓLIO EXTRA AN/3555

Pintura literária desenhada para um Museu de Arte Contemporânea que a aceite expor. (Transcrição dos fragmentos decifrados.)

(Sem título e sem data.)

Vê se consegues ver este quadro que ainda não se consegue ver.

Vê como se estivesses a ver... A tela tem praí uns 7m de comprimento por 4,5 de altura mas eu só vou usar o lado esquerdo... [...] o retrato não deve nem pode nunca parecer-se com ela nem com a paisagem que trago comigo dela; nada se poderá confundir com ela, ela é única e por isso pinto a sua exclusividade, deixando-a a ela finalmente para trás, atomizada, atrás da cortina, atrás da porta, mas sempre à esquerda.

Para pintar uma figura humana não preciso de a pintar, o que é necessário é captar toda a atmosfera envolvente, e é por isso que procuro pintar em detalhe todas as vibrações que se alteram no quarto quando ela sai, e registar a transformação na densidade do ar...

Começarei pelas diferentes combinações de simpatia e apostarei em inúmeros choques de aversão para marcar as diferentes intensidades e dinâmicas de um arabesco de formas e de cores.

[...] porque tudo se move, tudo corre e se transforma rapidamente. Ela aparece e desaparece como se eu a pintasse tal e qual como não me lembro. Dada a persistência da imagem dela na minha retina, o objeto que ela é multiplica-se, deforma-se, persegue-me como uma vibração precipitada no espaço que a envolve. Como um cavalo de Muybridge a correr em movimentos triangulares, não com quatro mas com vinte patas.

Pinto-a no canto esquerdo em tons de consolação e bege enquanto ela se aconchega ao final do dia... não quero que se perceba quem ela é e por isso viro-a de costas e pinto-a a sair porta fora e a deixar uma luz muito ténue que escoa da sala de estar mas eu ainda tenho tempo para lhe perguntar se está tudo bem. O quadro existe exatamente entre este e o outro momento, de forma a captar o princípio da ação em tons de verde para não esquecer que lá esteve uma mulher... Aliás, isso tem de se perceber só pelos tons de cor e por uma mancha que vai estar na parede atrás da porta por onde esta mulher sai; assim se sabe que ela lá esteve e que mantinha duas relações amorosas, perigosas e secretas: uma com um imperador do Japão e outra com um

malabarista de um circo decadente de Paris; um que pagava as contas, o outro que pagava os copos... Ah! Não! Espera! Ela tinha um caso com o imperador e um caso com a Igreja porque praticava bruxaria quando bebia demais e lia as mãos pela cidade nas patas de animais domésticos... Havia mesmo quem dissesse que ela se parecia mais com um bicho do que com uma parisiense... diziam também que tinha comido tantos animais vivos que se tinha tornado num deles e é por isso que alguns críticos vão achar que esta é finalmente a minha tentativa de antropomorfização através da magia... Mas não quero mesmo que a reconheçam, apenas que se apercebam de que ela esteve lá... Sei que não é fácil, mas nunca estive tão entusiasmado com um projeto como com este... Ao lado desta mulher que já lá não está, queria também pintar um fato italiano impecavelmente pendurado num cabide sem forma, um cabide que, se fosse escrito, abriria logo um asterisco. E o asterisco definiria o que é um cabide para se ter a certeza de que se sabe o que é e porque é que lá está, permitindo que críticos mais atentos se perguntem se este não será o meu autorretrato, já que nunca me deixo fotografar, e ninguém parece saber quem eu sou. Alguns poderão até ir mais longe e questionarem se não serei uma mulher, e isso é bom porque entretanto a mulher que eu não quero que se reconheça não se reconhece a si própria e elimina assim a hipótese de ela (ou eu?) vir a ser conhecida.

... Desço as escadas a correr em tempo real, e isso vê-se claramente no quadro, como se fosse uma pintura acadêmica, mas é tão aborrecidamente pintado porque manipulo o espectador mais convencional a ver claramente o cheiro do perfume dela que é intensificado pelo aborrecimento clássico da representação das escadas, claro, e o olhar dela segue-me na minha corrida pelo quarteirão para chegar a tempo de a ver sair pela porta da frente. Mas falho, e isso vê-se melhor no quadro do que as escadas e quase tão bem como a consolação dela, e eu paro à porta, e abro-a em câmara lenta para ter a certeza de que sinto a corrente de ar que se faz com a porta do 2º andar, quando tento abrir a porta cá em baixo. Ainda não sei que cor ou textura utilizarei, mas todos saberemos que ela já saiu. Até porque a corrente de ar provoca uma ressonância no quarto que faz aquele pequenino eco que não faria se ela estivesse lá dentro. Entro e peço na receção para alugar o quarto ao lado. Já estamos combinados e o rececionista já sabe do quadro, mesmo que ainda não tenha percebido que é sobre o quarto que me está a alugar naquele momento e até me oferece a primeira noite para pintar a receção, e para essa uso um cinzento para que se confunda com a fazenda do seu fato e convenço-o a trocá-lo pelo meu, o tal casaco que está no cabide lá em cima no quarto do segundo andar, aquele onde ela já não está…

ESPÓLIO EXTRA AN/3567

Escultura literária em pedra ou em gesso, lascados.

Lasco uma pedra, deixo-a no chão e fico à espera que ela se mova. A pedra é uma comissão. É uma arte por encomenda e por isso tem contrato, um contrato que não se pode garantir porque na prática todos podemos morrer amanhã, sem nos substituirmos no "show" que "must go on".

A pedra é uma comissão. Mas a pedra não sabe. E porque não sabe e porque a lasquei, a pedra passa a ser minha, passa a pertencer a alguém sem rede e sem passaporte; mas ainda não é obra, está por concluir. A pedra, para ser obra, precisa de um nome. A pedra para ser obra precisa de bons olhos que a vejam. A pedra pode, mas a pedra não é ainda, isto se for só pedra. Sem outra alternativa, a pedra espera que o tempo a molde. Que o tempo a mude de chão.

Uma pedra lascada para ser obra precisa de um chão de mármore, ou de uma passadeira vermelha, ou de um cartaz que a anuncie. Não precisa de mais nada se todos acreditarem que é, de facto, uma pedra.

Uma emigrante belga, que veio de férias visitar a filha, precisa de descansar os olhos numa beleza qualquer. Presa nos subúrbios de Samora Correia, numa família que ainda defende Salazar e faz dele tema de conversa às refeições, a emigrante belga precisa de uma beleza que se contraponha. Como, por exemplo, a beleza de uma pedra lascada.

A pedra que ainda não tem título mas que já tem olhos e que por isso já é, ou pode vir a ser, mais do que uma pedra. A pedra cresce assim mesmo sem sair do lugar. Nem mudar de chão. Só por causa do seu olhar. E porque cresceu, precisa agora de ser transportada. A pedra vai para o Chiado. Desembrulha-se. Arruma-se no espaço. A pedra já fala. A pedra já é quase tudo, quando nela tropeça a emigrante. A pedra ganha uma nova lasca. E ganha um aviso pelo walkie talkie. Uma senhora fardada contacta o seu superior fardado através de ondas (muito) curtas de rádio. A pedra não tem nome mas move montanhas pelo ar enquanto a emigrante compara a sua própria lasca com a lasca que já lá estava e conclui, empiricamente, que a sua é a mais bonita. O segundo segurança, movido pelas invisíveis frequências de rádio do terceiro andar, chega à sala da pedra, que, muito quietinha (e sem ter sentido o pontapé que a lascou) mas também muito moderna, ainda pensa no nome que lhe falta, a única lacuna que lhe dói efetivamente.

Eu, que por ali estou, como um fantasma, faço de conta que não tenho nada a ver com a pedra, e a pedra faz de conta que não tem nada a ver comigo. Fazemo-nos desconhecidos. Queremos ver como se desenrola o espetáculo.

O segurança pede o contacto da emigrante belga que tropeçara.

Ela responde que não tem morada, é nómada.

O segurança insiste num contacto, ela responde que é sensível às ondas eletromagnéticas dos aparelhos eletrônicos e alérgica ao pó das caixas de correio. Mas gosta muito de pedras.

O segurança, que é um homem sério, que não é alérgico nem hipersensível mas é desconfiado, desconfia. Ele sabe que, tal como uma pedra precisa de uma lasca para ser obra, uma senhora precisa de um contacto para poder tropeçar. Na vida é mesmo assim.

Ofereço o meu contacto ao segurança e afirmo, com um bocadinho de sotaque só para me dar ares impressionantes, que a emigrante, a belga, a senhora, ela, não pode ser acusada de ter arruinado a obra de arte quando oferecera uma segunda lasca à primeira que já lá estava, a tal lasca que era a responsável por conferir à pedra a obra que antes não o era.

O segurança afirma que os visitantes têm de ter cuidado, afinal de contas estão numa exposição.

No final das contas faço eu um colar de missangas, respondo eu, e exposto também estou eu todos os dias, e ninguém tem cuidado comigo, afirmo com a elegância de uma dupla e tripla tributação da linguagem.

Lá isso é verdade, ripostou o segurança para minha surpresa, somos moldados todos os dias e ninguém nos pergunta sequer como nós chamamos. Nem nos dão títulos.

O segurança quase que se encosta à pedra como quem se deixa encostar à parede, desanimado. Eu encosto-me a ele e ofereço-lhe um cigarro.

Lembro-me de todos os poetas mortos, lembro-me de todos os artistas suicidas, lembro-me de todos os urinóis, de todo o mijo contra as telas, de toda a gritaria contra as instituições e penso como é possível que a puta da caixa branca ainda continue a chamar-se museu.

Se este momento se passasse num filme era bonito e memorável, mas como se passava num hall de entrada de uma exposição modernista o segurança acorda-me da minha nostalgia e recusa o cigarro que lhe ofereço, há detetores de fumo por todo o lado e não é naturalmente permitido fumar. Nem beber. Nem mijar, claro. Você nem sabe a minha vida, confessa-me. Você nem sabe o que é tomar conta disto. Eu consinto que não sei.

A emigrante belga continua a passear-se pelo resto da exposição. Com vontade de tropeçar na pedra, sabendo que se o fizer, isso não quererá dizer o que quer que ela diga.

Ainda ontem saiu daqui uma senhora de maca para o hospital, confessou-me o segurança. Foi mesmo aqui, de costas para a pedra, a olhar para aquelas paredes, a senhora, coitada, emocionou-se, começou a sentir-se maldisposta, e de repente desatou aos gritos. Tinha reconhecido o filho numa das fotos, e desatou a chamar pelo seu nome na esperança de uma resposta. Corremos os dois, estávamos os dois de serviço, disse ele apontando para o colega na porta de entrada, apanhamos a senhora mesmo a tempo de não tocar em nenhuma obra de arte. Mas não conseguimos que a obra não tocasse na senhora. E o mais estranho é que estou farto de olhar para as paredes e só há paisagens desertas naquelas fotografias.

Eu deixo-me ficar a olhar para as fotografias.

Tudo o que construímos é sempre grande demais para podermos expressar coisas tão pequenas como as nossas vidas, suspira o segurança.

Ficamos os dois a olhar para a pedra lascada, sem saber se é grande ou se não é.

Quem sabe não é esse o objetivo? Tropeçar, assim de vez em quando, numa obra, assim, só para prendermos a atenção noutra coisa qualquer.

A emigrante interrompe-me a melancolia e responde que a culpa é de facto das fotografias. Não se pode colocar fotografias em paredes de salas onde estão pedras lascadas ao centro.

E porquê?, perguntamos todos, sinceramente interessados.

Porque se temos fotografias na parede estamos de costas para a pedra e se estamos de frente para a pedra viramos as costas às fotografias na parede, e isso não me parece bem, diz ela.

Mas os anjos não têm costas, responde o segundo segurança, nem as pedras, nem os fantasmas que habitam as fotografias.

Pois, digo eu, mas os anjos também não tropeçam.

E as pedras não têm nomes.

Viramo-nos todos para o lugar de onde uma voz proferiu esta última frase.

Não está lá ninguém. Lá, naquele sítio de onde a frase foi proferida. Lá, ao pé das fotografias, o silêncio mantém-se. E o silêncio, é sabido, incomoda.

E nisto tropeça na mesma pedra um filho acompanhado de um pai que, de imediato, riposta: vocês não podem pôr isto aqui, imagine que o meu filho caía e partia os dentes? Quem era o responsável, hummm?

A pedra, penso eu. E os poetas modernistas que não queimaram os quadros, e os pintores surrealistas que não deixaram de pintar, e os dadás que escreveram, escreveram mas depois também fizeram, e os futuristas e sebastianistas portugueses que ou não fizeram nada e pediram tudo ou fizeram tudo o que não podiam fazer.

Ou só coisas infinitamente grandes que não conseguem dar conta do recado da nossa pequenez, pensa o segurança. Mas não diz. E, ainda assim, eu oiço.

As ondas eletromagnéticas, pensa a emigrante belga, os estúpidos dos atacadores desapertados dos ténis que ele odeia e que o pai o obriga a usar, pensa o miúdo.

A culpa é sempre das coisas, lá nisso estamos todos de acordo. Ficamos todos presos à fotografia de onde parece ter vindo a frase que ninguém pre(o)feriu. Por certo, quase todos pensamos na mãe que viu o filho, pelo menos todos aqueles que conheciam a história. Mesmo antes de entrarmos numa outra sala, uma sala repleta de feixes de luz daqueles que podemos tocar convencidos de que não lhes estamos a mexer e que nunca nos farão tropeçar, alguém pergunta:

– E esta pedra é de quê?

– É de gesso.

– Ah, então não é grave, o autor tem com certeza os moldes.

– Pois, mas isso não é bem assim, eu também sou artista e sei como é, isto são peças únicas.

– Sim, são peças únicas porque só se fizeram uma vez, não é?

– Não. São peças únicas porque só há um exemplar.

– Ah, e isso em que difere?

Cronologia acaciana

1867

Marie Justine e Germano tentam conceber pela primeira vez Acácio Nobre sobre um estirador de desenho num dos ateliês da Manufacture Les Gobelins, a umas centenas de quilómetros (e no mesmo fuso horário) dos aposentos onde Victor Hugo termina os últimos parágrafos do seu capítulo "L'Avenir" para a Introducão ao *Guia da Exposição Universal de Paris de 1867.* Nesse capítulo, Victor Hugo augurava: "Au vingtième siècle, il y aura une nation extraordinaire. Cette nation sera grande, ce qui ne l'empêchera pas d'être libre. Elle sera illustre, riche, pensante, pacifique, cordiale au reste de l'humanité. [...] Cette nation aura pour capitale Paris, et ne s'appellera point la France; elle s'appellera l'Europe. Elle s'appellera l'Europe au vingtième siècle, et, aux siècles suivants, plus transfigurée encore, elle s'appellera l'Humanité."

1868

A 10 de fevereiro morre David Brewster, cientista e inventor do estereoscópio e do caleidoscópio. Nasce Máximo Gorki, autor russo e fundador do realismo socialismo e, possivelmente, Acácio Nobre, construtor de puzzles geométricos.

—

A 18 de agosto, durante um eclipse total do Sol em Guntur (na época situado no Império Britânico das Índias), o astrónomo Jules Janssen descobre a existência do hélio, convencido de que se trata de sódio.

—

A 11 de outubro é registada a primeira patente de Thomas Edison: um fonógrafo. Acácio Nobre irá inspirar-se neste engenho para criar o seu "gravador (nada) portátil", que trará sempre consigo nas suas viagens.

—

A 9 de dezembro, os primeiros sinais de trânsito do mundo controlam o tráfego entre a Great George Street e a Bridge Street em Londres e Thomas Henry Huxley pensa ter descoberto a *Bathybius haecklii* ou a matéria de que é feita a sopa primordial, mas admite o engano. Marie Justine, filha de pai português e mãe francesa, despedida dos Les Gobelins, acusada de comportamento devasso pelo patrão com quem (também) dormia, parte, desolada e sem perspectivas de futuro, de regresso ao Faial onde conta entrar num convento. Germano segue-a e o plano falha.

1869

Registo oficial (e possivelmente real) do nascimento de Acácio Nobre no Faial, Açores, durante a estada de Matisse em Cateau Cambrésis e de Rasputin em Pokrovskoye; 18 anos após a primeira edição de *A Baleia*, de Herman Melville; 20 anos após a morte de Louis-Benjamin Francoeur, o autor do desenho linear e da geometria descritiva e no mesmo ano em que Dmitri Mendeleev apresenta a sua tabela periódicam à Sociedade Química Russa e todos passamos a poder escrever água como H, 2 e O.

1870

Invenção do primeiro puzzle geométrico com curvas, batizado como *jigsaw* e início da prodigiosa construção de uma ponte sobre Brooklyn quando em Franca perecia Isidore-Lucien Ducasse, o excelentíssimo conde de Lautréamont, deixando-nos a gravidade para sempre aliada ao mal. Acácio Nobre já lê e escreve fluentemente. Ninguém sabe como aprendeu. Um secreto admirador de sua mãe paga-lhe a sua viagem de regresso ao continente, garantindo-lhe que o seu filho “irá longe se continuar assim”.

—

Paul Verlaine o Príncipe dos Poetas, recebe a primeira carta de Rimbaud.

1873

Verlaine dispara contra Rimbaud e acerta-lhe no pulso. Os 18 meses que irá passar na prisão permitem-lhe ler Cervantes e Shakespeare e escrever *Romances sem Palavras*.

—

Acácio Nobre folheia a sua primeira enciclopédia em língua francesa.

1875

O ano começa a 24 de janeiro com a estreia da *Dance Macabre* de Camille Saint-Saens e termina com a morte, a 19 de outubro, de Charles Wheatstone, inventor oficial do estereoscópio e de Jean-François Millet e Jean-Baptiste Corot. Os restantes dias foram todos inúteis.

1876

Abre a primeira escola infantil froebeliana no Japão, preservando inicialmente os fundamentos e a filosofia originais, não sem a adaptar aos costumes e cultura japoneses em relação aos métodos de ensino.

—

Nasce Constantin Brancuşi enquanto Acácio Nobre já se aventura, a solo, pelos compêndios da física e da geometria. Emile Reynaud está prestes a inventar o praxinoscópio graças aos múltiplos espelhos da esposa.

1878

Edward Muybridge constrói um Zoopraxinoscópio só para ganhar a aposta que fez com o Governador da Califórnia Leland Stanford e conseguir provar que um cavalo levanta todos os cascos quando a galope. É esta aposta que irá encantar Acácio Nobre e levá-lo a concluir que a imagem em movimento será "apenas uma moda passageira e, no entanto, bem capaz de aniquilar qualquer século vindouro".

1879

Nasce Albert Einstein em Ulm e Paul Klee em Munchenbuchsee, a 276 km de distância um do outro.

—

Abre a primeira livraria Blackwell em Oxford.

—

É fundado o clube de Rabelais onde se encontram, para jantares literários duas vezes por mês, personalidades como Thomas Hardy ou Henry James. O jantar era quase sempre frango assado.

1881

Hermann Goldammer abre o primeiro instituto froebeliano em Berlim.

—

Nasce Pablo Picasso em Málaga.

1882

Richter & Co. torna-se líder mundial de vendas de jogos com uma campanha publicitária revolucionária para a época; no primeiro ano venderam 40.000 brinquedos.

—

Antoni Gaudi, arquiteto catalão, inicia a construção de *A Sagrada Família*. Morrerá a caminho da missa, aproximadamente quatro décadas mais tarde, a 10 de junho de 1926, vítima de um atropelamento por um elétrico.

—

Acácio Nobre por esta altura já lê em português, francês, latim, hebraico, "*matemático e astronómico*". Uma tia afastada de origem búlgara oferece-se para pagar os seus estudos por o considerar de uma inteligência rara.

1883

Paul Lafargue escreve *O Direito à Preguiça*. Ao que parece, era genro de Karl Marx, casado com a sua única filha, de seu nome Laura. Suicidaram-se em conjunto e deixaram uma carta a dizer que estavam os dois fartos de viver.

1885

Primeiro álbum de recortes de Acácio Nobre, então discípulo dos melhores mestres da academia de desenho de Paris e operário em Les Gobelins.

—

Adna Thompson patenteia a primeira *montanha-russa*.

—

Ezra Pound e Niels Bohr nascem no mesmo mês e no mesmo ano.

1887

Jules Henri Poincaré ganha a mais alta competição matemática do mundo promovida por Oscar II da Suécia.

—

Nasce Marcel Duchamp numa família que não sabe jogar xadrez e Kurt Scwitters numa família que não gosta de performance.

1888

A 13 de junho nasce, num quarto andar esquerdo no Largo de São Carlos, Fernando Pessoa, poeta e escritor português. Eram 3h20min e celebrava-se o Santo António, padroeiro de Lisboa.

—

George Eastman desenha uma câmara que produz fotografias que podem ser impressas num papel sensível ao qual dará o nome de Kodak, enquanto Thomas Edison tenta transformar o seu fonógrafo numa câmara de filmar (mas sem sucesso).

—

Acácio Nobre desenha os seus primeiros protótipos de jogos geométricos.

1889

A 9 de abril o químico francês Michel Eugène Chevreul morre com 102 anos; amigo do pai de Acácio e um dos fundadores da geriatria, teve também grande influência na pintura devido às suas teorias sobre a cor.

—

A 15 de novembro nasce o Infante D. Manuel, um mês depois da morte do seu avô, o rei D. Luís, e no mesmo dia em que o Brasil proclama a República.

—

Nasce Alberto Caeiro.

1890

Ano da primeira carta escrita ao Secretário de Estado e Conselheiro da Coroa João Franco por Acácio Nobre.

—

Um irmão indesejado de Acácio Nobre nasce num dos primeiros dias em que a energia elétrica é instalada nas vias públicas em Portugal e causa a morte de sua mãe, Marie Justine. Destroçado, Acácio Nobre abandona Paris e parte para a Alemanha onde meses mais tarde aceita trabalhar como desenhador para a Richter & Co., onde permanecerá por mais de 20 anos como fiel colaborador, a exceção de algumas interrupções.

—

Nasce Boris Pasternak em Moscovo e Emmanuel Radnitzky, filho de emigrantes russos judeus nos Estados Unidos, mais conhecido por Man Ray.

—

A 19 de maio nasce Mário de Sá-Carneiro. Virá a ser um dos escassos amigos de Acácio Nobre, que vestirá um dos seus fatos até a data da sua morte.

—

Paul Cézanne, pintor pós-impressionista, inicia *Os Jogadores de Cartas*, uma série de pinturas a óleo sobre tela que só terminará em 1895. Um dos quadros da série, a quinta versão, e o mais famoso, está exposto no Museu de Orsay em Paris. Sobre ele muito escreveu Acácio.

—

Ensino primário gratuito em Inglaterra, ainda sem aulas de desenho.

—

Primeiros candeeiros a gás nas ruas de Aveiro.

1891

A 30 de setembro, Georges Ernest Boulanger (general fundador do movimento boulangista) suicida-se no cemitério de Ixelles, em Bruxelas, ao lado da campa da sua amante Madame de Bonnemains, falecida uns meses antes nos seus braços.

—

A 11 de setembro morre Antero de Quental, escritor, filósofo e poeta, com 49 anos e o maior desgosto intelectual de Acácio Nobre que nunca o conheceu.

—

A 28 de setembro morre Herman Melville, escritor, poeta e ensaísta com 72 anos, na total miséria. Acácio Nobre recebe uma carta sua endereçada a seu pai após a sua morte e responde-lhe.

—

A 10 de novembro morre Arthur Rimbaud com 37 anos.

—

Paul Gauguin instala-se no Taiti.

—

Richter & Co. lanca o puzzle *Pythagoras*.

—

Acácio Nobre encontra-se com Bertha von Marenholtz-Bulow, grande promotora do ensino froebeliano na Europa.

1892

A 1 de fevereiro observa-se uma nova constelação na Via Láctea: Auriga, e a 26 de março Walt Whitman morre com 72 anos.

—

O físico Hendrik Lorentz modifica a Teoria do Eletromagnetismo de James Clerk Maxwell que, por sua vez, irá servir como ponto de partida para a Teoria da Relatividade Restrita de Albert Einstein.

—

Surgem as primeiras centrais telefónicas automáticas a usar o sistema de Strowger em La Porte, em Indiana, EUA, no mesmo local onde hoje se encontra o maior museu de puzzles geométricos do mundo, e onde estão expostos dois protótipos de Acácio Nobre.

—

Claude Monet inicia uma série de estudos sobre a catedral de Ruão sob a influência de diferentes boletins meteorológicos.

—

George Rodenbach publica o primeiro livro ilustrado com fotografias: *Bruges-la-morte*, e Maurice Maeterlinck publica *Pelléas et Mélisande*, peça de teatro que serviu de base à opera de Claude Debussy uns anos mais tarde.

1893

A 9 de janeiro morre a baronesa Bertha von Marenholtz-Bulow, educadora alemã, e um crucial apoio moral e financeiro de Fröbel e da sua escola de desenho.

—

A 7 de abril nasce Almada Negreiros.

—

A 9 de junho nasce Cole Porter.

—

A 26 de dezembro nasce Mao Tsé Tung.

—

Egbert Judson inventa o fecho-éclair; a tia afastada de Acácio Nobre, costureira de profissão, rejubila com a invenção e não há par de calças do seu querido Nobre que lhe escape.

—

A revista *The Studio*, fundada por Charles Holmes, em Londres, exerce uma grande influência sobre vários movimentos artísticos, entre os quais a Art Nouveau. É na Bélgica que as primeiras obras arquitetônicas em ferro irão surgir pela mão de Victor Horta (1861-1947). Há relatos de um encontro entre Acácio Nobre e Victor Horta, onde ambos discutiram com veemência aquele que mais tarde ficaria conhecido pelo Projeto *Casa Viva* de Acácio Nobre.

—

Uma circunstância inesperada leva Paul Verlaine a escrever *Elegias*. Com os escritores é quase sempre assim.

—

Edward Munch pinta *O Grito*.

—

Acácio Nobre apresenta a sua máquina 4 1/2D num cantinho do pavilhão alemão. O espetáculo é controverso e considerado "demasiado sensorial" pela imprensa local e pelos mexericos intelectuais da época. A obra terá de esperar três décadas para ser devidamente apreciada.

—

Nasce Wilfred Owen a 18 de março e Mário de Andrade a 9 de outubro, dois autores que Acácio admirará profundamente. Acácio relê, com saudade, Rimbaud, Verlaine, Mallarmé e Lautréamont.

1894

A 14 abril o Cinetoscópio de Thomas Edison, em Nova Iorque, exibe os primeiros filmes. O programa consistia na apresentação de dez curtas-metragens com cerca de um minuto.

—

Alfred Dreyfus é acusado de alta traição a partir de documentos falsos. O *Caso Dreyfus* representará, não só para Acácio Nobre, o início da história controversa do que é um facto e como se move ele pela realidade.

—

Em testamento, Gustave Caillebotte doa ao governo francês uma grande coleção de pinturas que incluía 68 obras de Camille Pissarro (19), Claude Monet (14), Pierre-Auguste Renoir (10), Alfred Sisley (9), Edgar Degas (7), Paul Cézanne (5) e Edouard Manet (4), estipulando que deveriam ser expostas no Palácio de Luxemburgo (que só expunha trabalhos de artistas vivos) e não no Louvre. O governo francês não concordou com os seus termos.

1895

A 8 de novembro o físico Wilhelm Rontgen descobre a radiação eletromagnética.

—

Sai o Volume III de *O Capital*, de Karl Marx.

—

László Moholy-Nagy nasce na Hungria.

—

John Northrop fabrica um primeiro tear automático.

—

Marconi inventa a telegrafia sem fios.

—

Sigmund Freud, neurologista e psiquiatra, publica a obra *Um Caso de Histeria*, obra fundadora da Histeria.

—

H. G. Wells publica *A Máquina do Tempo.*

—

King Gillette inventa as laminas de barbear.

—

O primeiro filme realizado com uma câmara cinematográfica chama-se *La sortie de l'usine Lumiére à Lyon*, apresentado num encontro da Societé d'Encouragement à *l'Industrie Nationale* em Paris.

—

Uma das sessões de cinema mais famosas da história realiza-se neste ano no *Grand Café* em Paris. Os bilhetes custam 1 franco para 25 minutos de 10 filmes dos irmãos Lumiére. Acácio Nobre foi convidado a assistir a esta sessão e brindado com *chai latte*.

1896

A 8 de janeiro morre o Príncipe dos Poetas, o autor de "L'art, mes enfants, c'est d'être absolument soi-même". Tinha 51 anos.

—

A 14 de janeiro nasce John dos Passos, neto de madeirenses.

—

A 19 de fevereiro nasce André Breton.

—

A 6 de julho, Aurélio Paz dos Reis, floricultor do Porto, captou as primeiras imagens em movimento, sendo considerado o primeiro "cineasta" português.

—

Ernest Rutherford descobre um processo de deteção de ondas eletromagnéticas.

—

Samuel Pierport Langley constrói uma máquina voadora que voa mesmo.

—

Gauguin pinta *Te Tamari Nenhum Atua (Natividade).*

—

Anton Tchekhov escreve *A Gaivota*. O conto preferido deste autor para Acácio Nobre continua a ser um sobre uma clavícula.

—

Wassily Kandinsky muda-se para Munique para frequentar a Academia de Belas-Artes. Reside na Alemanha até 1914.

1897

A 14 de janeiro morre Lewis Carrol com 65 anos.

—

A 23 de fevereiro Émile Zola é preso por ter escrito "J'accuse", a propósito do caso Dreyfus.

—

A 16 de agosto abre a Tate Gallery em Londres.

—

Stanislávski e Nemirovich Danchenko fundam o Teatro das Artes de Moscovo.

—

Pierre e Marie Curie descobrem o rádio e o polónio.

—

A palavra fotossíntese é introduzida no vocabulário científico e geral.

—

É tirada a primeira fotografia com flash.

—

O conde Zeppelin constrói um balão dirigível em Manzel e no Ohio constrói-se o primeiro trator.

—

H. G. Wells publica *A Guerra dos Mundos*.

—

Henri Becquerel identifica a radioatividade dos sais de urânio.

—

Joseph John Thomson identifica o eletrão.

—

Klee muda-se para Munique para estudar na academia de arte.

—

Morre Stephane Mallarmé com 56 anos, o homem para quem se escreveu o manifesto simbolista, não se revendo no entanto nele. Para Acácio Nobre este será um ano perdido.

1899

Comercialização da aspirina pela Bayer com sucesso imediato. Serve para tudo.

—

Construção da primeira casa de cimento armado em Paris. Serve para todos.

—

Invenção da gravação magnética de som.

—

O Porto é a primeira cidade da Europa a ser atingida pela terceira epidemia de peste bubónica.

—

A Carbonária Lusitana recruta pessoas no meio anarquista de Lisboa. Acácio, anarca? Provavelmente.

—

Husserl funda a fenomenologia enquanto Freud ensaia a psicanálise.

—

Nasce Vladimir Nabokov, conhecedor de palavras e borboletas.

1900

Kandinsky tem 34 anos; Picasso, Léger e Kupke, 29; Mondrian, Braque e Boccini, 28; Severini, 27; Villon, 25; Van Der Leck, 24; Duchamp e Arp, 23; Malevich, 22; Klee, 21; Rodchenko, 19; Acácio Nobre, 34; Pessoa, 12; Sá-Carneiro, 10, Santa-Rita Pintor, 11; Amadeo de Souza-Cardoso, 3.

—

A 25 de agosto morre Nietzsche, filólogo, filósofo, crítico cultural, poeta e compositor do século XIX, preocupado, entre outros assuntos, com a eliminação da gravidade. Tinha 56 anos.

—

A 30 de novembro "I am dying as I have lived: beyond my means" são as últimas palavras acompanhadas com champanhe de Oscar Wilde.

—

A 23 de dezembro Reginald Fessender é o primeiro a transmitir a sua voz através de um radiotelégrafo para um local a um quilómetro e meio de distância.

—

Max Planck formula a lei de Planck para radiação de corpo negro, base da teoria quântica.

—

Sir William Crookes separa o urânio do urânio-X.

—

Karl Landsteiner descobre que existem diferentes grupos sanguíneos.

—

As leis da hereditariedade de Gregor Mendel de 1865 são redescobertas por Hugo de Vries provando que o caminho do conhecimento é algo de absolutamente arbitrário e implica vários autores originais.

—

O primeiro zepelim sobrevoa Berlim.

—

Sigmund Freud publica *A Interpretação dos Sonhos*.

—

Picasso pinta perto de 100 quadros durante um ano.

—

Mahler compõe a *Sinfonia nº 4* e começa a pintar o cabelo.

—

Eça de Queirós publica *Ilustre Casa de Ramires*, *Dicionário de Milagres*.

—

A 31 de agosto circulam os primeiros elétricos em Lisboa, do Cais do Sodré a Algés.

—

A cientista japonesa Jokichi Takamine descobre a adrenalina.

—

Marconi envia mensagens por telegrafia sem fios da Europa para a América.

—

Rachmaninov compõe *Concerto nº 2* para piano e dedica-o a Nikolai Dahl, seu médico e terapeuta.

—

Ernst Haeckel, biólogo, naturalista, médico, professor e evolucionista, publica *O Enigma do Universo.*

—

Nascem José Régio, José Rodrigues Miguéis, André Malraux, Marlene Dietrich e *Satchmo*, a personificacão do jazz, e o pai do Rato Mickey.

—

Morre a rainha Vitória do Reino Unido.

—

Acácio Nobre constrói um fonógrafo que passa a levar consigo para todas as suas viagens para gravar o ruído da sua ausência em diferentes lugares.

1902

Alargamento da iluminação elétrica em Lisboa para grande fascínio de Acácio.

—

Pablo Picasso pinta *Nu de Costas.*

—

Paul Gauguin pinta a sua última obra, *Cavaleiros na Praia.*

—

Claude Monet pinta *A ponte em Waterloo.*

—

Auguste Rodin esculpe *Romeu e Julieta.*

—

Claude Debussy compõe a ópera *Pelléas et Mélisande.*

—

Joseph Conrad publica *O Coração das Trevas.*

—

Conan Doyle publica *O Cão dos Baskervilles.*

—

Acácio Nobre publica *Memórias de Um Androide que Sonha com Mosquitos Elétricos*, um êxito imediato entre a elite cultural de Lisboa e Porto.

1904

Fabrica-se a primeira lâmpada ultravioleta.

—

J. M. Barrie escreve *Peter Pan.*

—

Anton Tchekhov escreve a sua última peça, *O Cerejal.*

—

Constrói-se em Lisboa a primeira sala de cinema, o Salão Ideal.

—

Matisse pinta *Luxo, Calma e Volúpia*.

—

Nasce Alva, na Rua do Olival, nº 111, 3º esquerdo, pelas 12h12m.

1905

A 23 de janeiro morre Rafael Bordalo Pinheiro com 68 anos.

—

A 18 de setembro nasce Greta Garbo e a 17 de dezembro nasce Erico Veríssimo.

—

Munch pinta *As Raparigas sobre a Ponte*.

—

Albert Einstein formula a Teoria da Relatividade Restrita.

—

São utilizados pela primeira vez anúncios em néon em espaços públicos.

—

Paul Cézanne pinta *As Banhistas*.

—

Louis Vauxcelles descreve a obra de Matisse como "fauvista".

—

Claude Debussy compõe *O Mar*.

—

De Profundis, de Oscar Wilde, é publicado postumamente.

—

Sonia Delaunay chega a Paris e Fernando Pessoa regressa, sozinho, a Lisboa, a bordo do navio alemão *Herzog*, para se matricular na Faculdade de Letras, e conhece Acácio Nobre no largo de Belas-Artes, no Chiado, num final de um dia de verão. Ambos se fascinam com Milton, Baudelaire e Cesário Verde. Acácio Nobre regressa a Rudolstadt prometendo escrever ao seu amigo com regularidade, o que nunca chega, de facto, a fazer.

1906

A 13 de abril nasce Samuel Beckett.

—

A 22 de outubro morre Paul Cézanne com 67 anos.

—

A 30 de dezembro morre Josephine Butler com 78 anos.

—

Valéry publica *O Senhor Teste.*

—

Raul Brandão publica *Os Pobres.*

—

Acácio Nobre redescobre a literatura anglo-saxónica para além de Melville e Jonathan Swift e lê Byron, Shelley e Poe, por influência de Pessoa. Em plena ditadura franquista, o seu livro *Memórias de Um Androide* é queimado em praça pública com o apoio dos estudantes de belas--artes e de literatura. Acácio Nobre recebe a notícia já em Berlim.

1907

A 22 de abril Elizabeth Miller, fotógrafa e modelo, nasce em Poughkeepsie (Nova Iorque) e a 12 de agosto nasce Miguel Torga.

—

Picasso pinta *As Meninas de Avinhão*, enquanto Niels Bohr estuda matemática em Copenhaga, nunca se chegando a saber qual dos dois iniciou o cubismo e/ou a mecânica quântica.

—

Münch pinta *Amor e Psique*.

—

José Malhoa pinta *Os Bêbados*.

—

Picasso pinta *Mulher com Leque*.

—

Gorky publica *A Mãe*.

—

Rilke publica *Novos Poemas*.

—

Baden Powell inventa o conceito de escuteiros em Inglaterra com o propósito de educar os jovens através da natureza e de calções.

—

A indústria têxtil entra em greve no Porto contra a introdução de maquinária que punha em causa alguns setores mais qualificados do operariado.

—

Fernando Pessoa monta uma tipografia na Rua da Conceição da Gloria, 38-40, à qual chama Empresa Íbis – Tipografia Editora – Oficinas a Vapor. Acácio Nobre junta-se ao projeto com o objetivo de imprimir manuais de desenho para jovens e adultos. A tipografia nunca chega a funcionar.

1908

A 9 de janeiro nasce Simone de Beauvoir, no 6º *arrondissement* de Paris.

—

A 1 de fevereiro a brigada carbonária de Manuel Buíça e Alfredo Costa é responsável pelo assassínio no Terreiro do Paço do rei D. Carlos e do seu herdeiro, D. Luís Filipe. D. Manuel sobe ao trono com 18 anos e João Franco é afastado do poder, o seu governo demite-se e são libertados todos os presos políticos, nomeadamente os republicanos. Acácio Nobre encontra-se em Berlim e escreve a última carta que se conhece a um Secretário de Estado.

—

A 28 de maio nasce Ian Flemming e com ele o agente 007.

—

A 21 de junho morre Rimsky-Korsakov com 64 anos e a 29 de setembro Machado de Assis com 69 anos.

—

A 12 de dezembro nasce Manoel de Oliveira.

—

Constantin Brancuşi esculpe *O Beijo*.

—

E. M. Forster publica *Um Quarto com Vista*.

1909

A 19 de maio Diaghilev e os seus "ballets russes" apresentam em Paris *Les Sílfides*.

—

Robert Peary chega ao Polo Norte.

—

Klimt pinta *Salomé Judith II*.

—

Matisse pinta a primeira versão de *A Dança.*

—

Münch inicia a pintura do *Mural da Universidade de Oslo.*

—

Frank Lloyd Wright desenha *Robie House* em Chicago.

—

Mahler compõe a *Sinfonia nº 9.*

—

Amadeo Modigliani pinta *O Violoncelista,* que expõe no Salão dos Independentes.

—

Acácio Nobre desloca-se a Baku por motivos profissionais e/ou pessoais desconhecidos e aí permanece durante 9 meses.

1910

A 21 de abril morre Samuel Langhorne Clemens com 74 anos, mais conhecido por Mark Twain.

—

Entre maio e outubro decorre no Parque de Exposições de Munique em Theresienhöhe, a maior exposição de arte islâmica até à data na Europa.

—

A 13 de agosto morre Florence Nightingale com 90 anos.

—

A 4 de outubro Guerra Junqueiro suicida-se convicto do insucesso da operação em que estava envolvido.

—

A 5 de outubro é implantada a República.

—

A 6 de outubro é proclamada a República em Portugal,

Teófilo Braga é nomeado presidente do Governo Provisório da República Portuguesa.

—

A 20 de novembro morre Leão Tolstói.

—

A 6 de dezembro é reconhecido pela primeira vez em Portugal o direito à greve.

—

A pastoral coletiva do episcopado português denuncia o Manifesto Futurista assinado por Boccioni, Carrá, Balla e Severini.

—

Fernand Léger pinta *Nus na Floresta.*

—

Kandinsky pinta 14 quadros.

—

Igor Stravinsky compõe *O Pássaro de Fogo.*

—

Rilke publica *Os Cadernos de Malte Laurids Brigge.*

—

Acácio relê Maeterlinck.

1911

A 11 de janeiro Glen Hammond Curtiss pilota o primeiro hidroavião.

—

A 18 de maio morre Gustav Mahler com 50 anos.

—

A 28 de maio Carolina Beatriz Ângelo, cirurgiã, foi a primeira mulher a votar em Portugal; o facto de ser viúva permitiu-lhe invocar em tribunal o direito de ser considerada "chefe de família", tornando-se assim a primeira a votar no país, nas eleições constituintes, a 28 de maio de 1911. De forma a evitar que tal exemplo pudesse ser repetido, a lei foi alterada no ano seguinte, com a especificação de que apenas os chefes de família do sexo masculino poderiam votar.

—

A 21 de agosto *Mona Lisa* é roubada do Louvre.

—

A 29 de dezembro nasce Alves Redol.

—

Giorgio de Chirico pinta *O Regresso do Poeta*.

—

Kandinsky e Franz Marc, entre outros, fundam o grupo *Der Blaue Reiter* (O Cavaleiro Azul).

—

É construida a fábrica Fagus, desenhada por Walter Gropius.

—

Saki (ou deveria dizer Hector Hugh Munro?) escreve *Crónicas de Clóvis.*

—

É publicado o primeiro Formulário Ortográfico da Língua Portuguesa. Acácio promete nunca se despedir dos tremas.

—

Nasce Louise Bourgeois em França.

1912

A 21 de janeiro o explorador Robert Falcon Scott, que liderava já duas expedições à Antártida, chega ao Polo Sul.

—

A 15 de abril naufraga o *Titanic* causando 1.513 vítimas.

—

De 5 de maio a 27 de julho realizam-se os Jogos Olímpicos

em Estocolmo, onde se usa pela primeira vez um sistema de fotografias e cronometragem semieletrónica para marcação dos tempos na natação e no atletismo.

—

A 9 de maio o primeiro Salão de Humoristas apresenta Almada Negreiros em Lisboa, no Grémio Literário.

—

A 14 de maio morre August Strindberg com 63 anos.

—

A 14 de julho o jovem fundista Francisco Lázaro, atleta português e carpinteiro de apenas 21 anos, morre de desidratação e ataque cardíaco após correr 30 km da Maratona.

—

A 10 de agosto nasce Jorge Amado.

—

Georges Braque pinta *Guitarra*.

—

Início da cristalografia por raio-X.

—

Produção de papel celofane para embrulhar doces, inventado por Edwin Bandenberger em 1908.

—

Henry Brearley inventa o aço inoxidável.

—

Amadeo de Souza-Cardoso publica em Paris o álbum *XX Dessins*. Robert Delaunay adere ao Cubismo introduzindo algumas modificações que vão dar origem ao Orfismo. Pinta *Formas Circulares*.

—

Marcel Duchamp pinta *Nu Descendo Uma Escada*.

—

Amadeo Modigliani esculpe *Cabeça de Pedra*.

—

Anatole France escreve *Os Deuses Têm Sede.*

—

5 milhões de norte-americanos vão diariamente ao cinema, segundo o *Roteiro para os Novos Média*, e Londres tem 400 cinemas.

—

Sarah Bernhardt entra na curta-metragem *Rainha Isabel*, dirigida por Louis Mercanton e Henri Desfontaines, usando uma joia de Lalique que Gulbenkian lhe oferecera uns anos antes.

—

Nasce Ricardo Reis na "mente do poeta".

—

Mário de Sá-Carneiro parte para Paris para frequentar as aulas na Sorbonne.

1913

A 9 de janeiro nasce Richard Nixon e Charles Chaplin começa a trabalhar para a Keystone Studios.

—

A 19 de outubro nasce Vinicius de Moraes.

—

George Bernard Shaw escreve *Pigmaleão.*

—

Niels Bohr formula um novo modelo atómico.

—

Frederick Soddy divulga o termo "isótopo", inicialmente proposto por Margaret Todd, para designar os átomos dotados do mesmo número atómico com massa diferente.

—

Frederick Gowland Hopkins isola a vitamina A.

—

Amadeo de Souza-Cardoso participa na International Exibition of Modern Art em Nova Iorque, no Armory Show, onde apresenta *Cozinha de Manhufe* ao lado de *Nu Descendo as Escadas* de Duchamp.

—

Almada Negreiros faz a sua primeira exposição individual em Lisboa.

—

O tempo não é relativo, diz Proust a Einstein.

—

Reencontro entre Sofia Delaunay e Acácio Nobre em Paris.

—

Raul Leal publica *A Liberdade Transcendente* e Mário de Sá-Carneiro regressa a Lisboa.

1914

Regressa, "mallarmeano e requintado", do Rio de Janeiro, Luís de Montalvor, o primeiro diretor da *Orpheu*.

—

Amadeo de Souza-Cardoso pinta *Auto-Retrato*.

—

Pierre Auguste Renoir pinta *A Banhista Sentada Secando a Perna*.

—

Mário de Sá-Carneiro publica *A Confissão de Lúcio*.

—

Elizabeth (Lee) Miller é violada por um familiar aos 7 anos de idade.

—

Fernando Pessoa traduz 300 provérbios portugueses para inglês, nasce Alberto Caeiro, Ricardo Reis escreve o seu primeiro poema a 12 de junho e, segundo as suas próprias palavras em carta dirigida a Sá-Carneiro, que se encontra de novo em Paris, “atinge a sua maturidade literária” aos 26 anos.

—

Santa-Rita escreve a Sá-Carneiro confessando que pensa regressar a Lisboa com uma autorização de Marinetti para publicar os manifestos futuristas, “realizar a sua obra e impor-se socialmente”.

—

Sá-Carneiro e Acácio Nobre tomam um café em Paris. Nobre elogia-lhe a obra e o fato que traz vestido. Sá-Carneiro diz-lhe que em breve parte para Barcelona e elogia-lhe a teimosia e a capacidade infinita de esperar sempre por um melhor momento para terminar a sua obra. Saem ambos do café sem pagar a conta.

—

O grupo que constituirá a *Orpheu* encontra-se em outubro na cervejaria Jansen, na Rua Vitor Cordon.

1915

A 17 de marco é proibida a venda de licor de absinto em França.

—

Em abril sai o primeiro número da *Orpheu* iniciando o movimento modernista em Portugal.

—

A 3 de maio estreia *O Nascimento de Uma Nação* de D. W. Griffith.

—

A 10 de junho nasce Saul Bellow.

—

A 17 de outubro nasce Arthur Miller.

—

Colecionadores americanos compram obras de arte na Christie de Londres com o objetivo de ajudar a Cruz Vermelha inglesa.

—

Mário de Sá-Carneiro edita uma coletânea de 8 novelas – *Céu em Fogo – Oito Novelas.*

—

José Almada Negreiros escreve *Manifesto Anti-Dantas* que merecerá uma resposta de Acácio Nobre que até hoje se mantém desconhecida na íntegra e mal-interpretada.

—

Álvaro de Campos escreve ao jornal *A Capital* a propósito de um anúncio a um espetáculo futurista publicado no próprio pasquim. Os restantes colaboradores da *Orpheu* discordam das críticas de Álvaro de Campos, apenas Nobre concorda.

—

Morre Alberto Caeiro em data incerta.

1916

James Joyce escreve *Retrato do Artista enquanto Jovem.*

—

Pessoa considera estabelecer-se como astrólogo em Lisboa.

—

A 26 de abril nasce Vergílio Ferreira.

—

Man Ray pinta *Lenda.*

—

Monet pinta *Nenúfares.*

—

Picasso pinta *O Homem da Viola.*

—

Amadeo pinta *Tiro ao Alvo*, *O Muro da Janela*.

—

Kafka escreve *A Metamorfose*.

—

Appollinaire escreve *O Poeta Assassinado*.

—

Morre Mário de Sá-Carneiro a 26 de abril, em Paris, no Hotel de Nice, a rue Victor Masse, 29, com 26 anos, nunca atingindo a maturidade literária, para desespero da língua portuguesa.

—

O monge Rasputin, com 46 anos, é assassinado em Petrogrado.

1917

A 14 de abril realiza-se a primeira conferência futurista em Portugal no Teatro República (hoje Teatro Municipal São Luiz) e publica-se o único número de *Portugal Futurista*. Acácio Nobre interrompe o evento para acusar os seus organizadores de sebastiões fascistas e desde esse dia é votado persona *non-grata* do movimento modernista português. Apenas Álvaro de Campos o apoia, citando-o de forma subtil e indireta no seu poema "Ultimatum".

—

Mulheres empregadas em fábricas de munições cortam o cabelo como medida de precaução e pouco depois a moda dos cabelos curtos generaliza-se na Europa. Alva, então com 13 anos, esconde de todos onde trabalha, e passa a usar um turbante para esconder o seu corte de cabelo.

—

Modigliani pinta *Nu Deitado*.

—

Prokofiev compõe a *Sinfonia nº 1.*

—

Stravinsky compõe *A História do Soldado.*

—

Satie compõe *Parade.*

—

Apollinaire escreve *As Mamas de Tirésias.*

—

Almada Negreiros escreve o conto "Engomadeira".

—

Morre o conde Zeppelin com 79 anos.

—

Bertrand Russel é preso por defender abertamente a objeção de consciência.

1918

Instalação em Nova Iorque de semáforos para o trânsito.

—

H. Hall e Leonard Woolley iniciam escavações na Babilónia.

—

A companhia de bailado de Diaghilev desloca-se a Londres pela primeira vez.

—

Morre Amadeo de Souza-Cardoso com 30 anos.

—

Morre Santa-Rita Pintor. Sobra apenas um quadro (todos os outros foram queimados), um fato aos quadrados (que, contam as lendas, era de Acácio Nobre) e uma galinha.

—

Após uma interrupção de 3 anos na criação de jogos para a Richter & Co., Acácio Nobre apresenta o protótipo do puzzle ovoide no Encontro Internacional de Fazedores de Puzzles Geométricos em Florença. Pouco tempo depois parte para a frente de batalha com o objetivo de construir uma campanha publicitária para jogos geométricos para adultos da Richter & Co. As lesões sofridas na frente de combate definirão para sempre Acácio Nobre.

—

Nasce Leonard Bernstein.

—

O suplemento literário do *Times* de Londres e o *Glasgow Herald* mencionam os poemas ingleses de Fernando Pessoa pela primeira vez.

1919

Louis Aragon e André Breton decidem que o obscuro beco que liga o Boulevard des Italiens à Rue Chauchat seria o futuro quartel Dadá em Montparnasse.

—

Observações do eclipse total do Sol confirmam a teoria einsteiniana da relatividade.

—

Primeiro voo bem-sucedido de helicóptero.

—

Modigliani pinta *O Retrato da Marquesa Casati*.

—

Münch pinta *Assassino da Alameda*.

—

Aquilino Ribeiro publica *Terras do Demo*.

—

Florbela Espanca publica *Livro das Mágoas*.

—

Ricardo Reis parte para o Brasil e Alberto Caeiro escreve

desenfreadamente depois de morto (de acordo com a cronologia de Gaspar Simões).

—

Acácio Nobre é despedido de Richter & Co. acusado de comportamentos incompreensíveis e inaceitáveis após um ano de luta incansável contra a afasia e a dor crónica. Inicia-se a década mais produtiva de Acácio em que constrói todo o tipo de protótipos de jogos geométricos, tecnológicos e estéticos.

1920

15 de janeiro, e no mesmo restaurante indiano, nasce o Movimento Surrealista e o Manifesto 2020 em código de Acácio Nobre.

—

A 1 de marco Fernando Pessoa escreve a sua primeira carta de amor ridícula. Concebe-se de imediato o seu insucesso perante Ofélia.

—

Carl Dreyer realiza os filmes *O Presidente* e *Páginas do Livro de Satanás.*

—

A 15 de outubro: António Botto publica *Canções.*

—

Nasce Sophia de Mello Breyner Andresen.

—

Eduardo Viana pinta *Cabeça de Mulher.*

—

Max Ernst pinta *Katharina Ondulata.*

—

Juan Gris pinta *Guitarra, Livro e Jornal.*

—

Miró pinta *Cavalo, Cachimbo e Flor Vermelha.*

—

Chagall pinta *Casa Azul.*

—

Matisse pinta *Odalisca.*

—

Modigliani pinta *Nu Reclinado.*

—

Picasso pinta *Viola* e *Banhistas.*

—

É dada permissão aos visitantes da exposição de Colónia de Arte Dadaísta para despedaçar os quadros expostos. Os quadros de Acácio Nobre eram três e todos literários. Não duraram 3 minutos.

—

Guillaume Appollinaire publica *A Mulher Sentada.*

—

Aquilino Ribeiro publica *Filhos de Babilónia.*

—

Abertura da primeira estação de rádio pública em Inglaterra por Marconi.

—

É criada uma comissão de censura de filmes em Inglaterra.

—

Acácio chega a Viena onde se oferece para trabalhar numa escola Fröbel a título voluntário. O seu projeto de construção de uma escola de desenho em Portugal é reativado.

1921

Robert J. Flaherty realiza o filme *Nanuk, o Esquimó.*

—

A 8 de maio nasce Ruben A.

—

A 14 de maio Tristan Tzara chega a Paris.

—

Ernest Rutherford e James Chadwick conseguem desintegrar todos os elementos químicos exceto o carbono, o oxigênio, o lítio e o berílio.

—

As eleições italianas elegem 29 fascistas.

—

Primeira estação de rádio de onda média nos EUA.

—

Serguei Prokofiev compõe a ópera *O Amor e Três Laranjas.*

—

Almada Negreiros publica *A Invenção do Dia Claro.*

—

Charlot realiza *O Garoto.*

1922

A 24 de agosto Murnau realiza *Nosferatu.*

—

É publicado em maio o número 1 da *Contemporânea* dirigido por José Pacheko (o número espécime ou número anúncio foi publicado em 1915, logo a seguir a *Orpheu*).

—

A 15 de novembro são servidos os primeiros cocktails no mundo e no dia seguinte nasce José Saramago.

—

Abre o Museu de Arte Patológica organizado por Hans Prinzhorn.

—

Acácio Nobre passa grande parte do seu tempo em Lisboa só para não perder os seus encontros de sexta-feira na Brazileira com Fernando Pessoa.

—

Acácio Nobre desenvolve o projeto para microscópios nº 45.

1923

A 26 de março morre Sarah Bernhardt com 77 anos.

—

Em fevereiro Raul Leal publica o seu folheto *Sodoma Divinizada* em defesa de *Canções* de António Botto.

—

A 22 de fevereiro o jornal *A Época* anuncia a constituição de um grupo de estudantes que se organiza em nome da moral e dos bons costumes: a *Liga de Ação dos Estudantes de Lisboa* ataca Fernando Pessoa que escreve em defesa de Raul Leal *Sobre um Manifesto de Estudantes*.

—

Em abril Raul Leal publica *Uma Lição de Moral aos Estudantes de Lisboa e o Descaramento da Igreja Católica*. Acácio Nobre desloca-se de propósito a Lisboa para ler o texto em voz alta à porta das Belas-Artes. Regressa de imediato a Paris, desolado com a paisagem cultural nacional.

—

A 9 de agosto nasce Eduardo Lourenço.

—

A 4 de dezembro nasce Mário Cesarinny.

—

A 27 de dezembro nasce Maria Callas.

—

Italo Svevo publica *A Consciência de Zeno*.

—

Morre Gustave Eiffel com 91 anos.

—

Acácio não tem datas de nascimentos mas faz uma listagem dos jogos Richter & Co. eleitos por artistas nacionais e estrangeiros para brincar durante a sua infância, entre os 3 e os 8 anos. Assim nasceu o seu complexo projeto de uma árvore genealógica do modernismo que nunca chegou a terminar.

1924

Buster Keaton realiza *Our Hospitality*.

—

A 19 de dezembro morre Eleanora Duse com 64 anos.

—

Viagem aérea Lisboa-Macau (16.380 km) por Brito Pais, Sarmento de Beires e Manuel Gouveia. Acácio Nobre começa a fazer planos para um dia poder cumprir este seu sonho de repetir estas proezas.

—

Miró pinta *Maternidade*.

—

Thomas Mann publica *A Montanha Mágica*.

—

André Breton redige o *Manifesto do Surrealismo*.

—

Robert Musil publica *Três Mulheres*.

—

Aquilino Ribeiro publica *O Romance da Raposa*.

—

Nasce Alexandre O'Neill.

—

Realiza-se o primeiro filme sonoro.

—

Desaparece, no Mar do Norte, Sacadura Cabral.

—

Acácio conhece Alva em Paris, num corredor da Academia de Belas-Artes onde a encontra, às escondidas e seminua, a fumar um cigarro durante uma pausa numa aula de desenho para a qual posava. Acácio Nobre oferece-lhe um lenço interpretando erroneamente a razão do lençol enrolado à sua cintura e Alva manda-o para o caralho. Tornam-se amantes desde esse dia sem saberem porquê.

1925

É publicado o 1º volume de *Mein Kampf*.

—

F. Scott Fitzgerald publica *O Grande Gatsby*.

—

Franz Kafka publica *O Processo*.

—

John dos Passos publica *Manhatan Transfer*.

—

Virginia Woolf publica *Mrs. Dalloway*.

—

Nasce José Cardoso Pires.

—

Nasce Peter Sellers.

—

Início dos eventos do *Diário Retrospectivo* que Acácio Nobre começou a escrever (acronologicamente) em 1938.

1926

A 29 de dezembro morre Rainer Maria Rilke com 51 anos.

—

Kandinsky escreve *Ponto, Linha, Plano.*

—

Ernest Hemingway publica *Fiesta.*

—

Kafka publica *O Castelo.*

—

Malraux publica *A Tentação do Ocidente.*

—

Brecht escreve *Baal.*

—

Camilo Pessanha publica *Clepsidra.*

—

Fernando Pessoa pede a patente da sua invenção Anuário indicador sintético, por nomes e quaisquer classificações, consultável em qualquer língua. Não obtém resposta.

—

Acácio Nobre dedica o ano à construção do seu projeto lepidóptero, que abandona em dezembro, exausto e submerso em dores intoleráveis.

1927

A 16 de outubro nasce Günter Grass.

—

Freud publica *O Futuro de uma Ilusão.*

—

Kandinsky pinta *Pontas em Arco.*

—

Chagall pinta *Fábulas de La Fontaine.*

—

Matisse pinta *Figura Decorativa em Fundo Ornamental.*

—

Magritte pinta *Os Cúmplices do Mago*.

—

Lee Miller atravessa uma passadeira em Nova Iorque e é descoberta por Condé e torna-se capa da revista *Vogue*, fotografada por Steichem, Genthe, Muray.

1928

Mussolini escreve a sua autobiografia.

—

Acácio Nobre inventa o voleiscópio, um jogo para dois jogadores a partir de um osciloscópio militar e dois joy-sticks.

—

Lei portuguesa proíbe touros de morte.

—

George Gershwin compõe *Um Americano em Paris*.

—

Kurt Weil e Bertolt Brecht estreiam *Ópera dos Três Vinténs*.

—

Mário de Andrade publica *Macunaíma*.

—

Walt Disney faz o primeiro filme a cores com o Rato Mickey.

—

Anúncio arrojado a Kotex (produtos de higiene íntima) acaba com a carreira de modelo de Lee Miller e oferece ao mundo uma das fotógrafas e artistas mais rebeldes do século xx, segundo Acácio Nobre.

1929

José Régio publica *Biografia*.

—

A 19 de agosto nasce Audrey Hepburn.

—

Richard Byrd voa sobre o Polo Sul.

—

Trotsky abandona a URSS e vai para a Turquia.

—

Kodak desenvolve o filme a cores de 16mm.

—

É redigido o segundo *Manifesto Surrealista*, ao qual Dalí adere.

—

William Faulkner publica *O Som e a Fúria* e *Sartoris*.

—

Virginia Woolf publica *A room of one's own*.

—

Morre Diaghilev com 57 anos.

—

Acácio Nobre convence Fernando Pessoa a sair de Lisboa, o tamanho do poeta não cabe na pequenez do país. Pessoa considera Macau, Meca e Malásia, mas acaba por fazer planos para se mudar para Cascais e dedicar-se exclusivamente à literatura.

—

De Beauvoir e Sartre conhecem-se no mesmo dia em que Alva oferece a joia a Acácio Nobre.

—

Acácio Nobre, convidado por um familiar de Amadeo, recolhe-se por largos meses em Manhufe.

1930

Robert Musil publica *Um Homem sem Qualidades*.

—

Crowley é expulso de Paris sob suspeita de ser um espião secreto ao serviço dos alemães.

—

Ghandi inicia campanha de desobediência civil.

—

O bispo de Leiria declara dignas de crédito as aparições de Nossa Senhora de Fátima.

—

1º Salão dos Independentes em Lisboa.

—

Nasce Herberto Helder.

—

J. von Sternberg realiza *O Anjo Azul* com Marlene Dietrich.

—

René Clair realiza *Sob os Telhados de Paris*.

—

Lee participa em *Le sang d'un poète* de Cocteau.

—

Penrose participa em *L'age d'or* de Buñuel.

—

Aleister Crowley escreve a Pessoa e visita-o. Desaparece misteriosamente na Boca do Inferno depois de jogar xadrez com Acácio Nobre no Estoril e de ser visto num comboio com destino a Alemanha. Pessoa escreve sobre este misterioso desaparecimento e sobre a cigarreira que foi encontrada com a seguinte e misteriosa frase: "Não posso viver sem ti. A outra Boca do Inferno apanhar-me-á – não será tão quente como a tua".

—

No final do ano Acácio Nobre decide viajar para parte incerta. Inicia uma década de viagens improváveis por destinos impossíveis (da Europa ainda neutra ao oriente mais inacessível), sempre com o seu fonógrafo, e em busca de elementos que fundamentem a sua pesquisa sobre a árvore genealógica das vanguardas artísticas, tentando provar que não há modernismo sem jogos geométricos Richter & Co. E que não há centro sem periferia. E como não há periferia não há centro.

1931

A música de Rachmaniov é condenada na URSS como sendo decadente.

—

Morre Anna Pavlova com 49 anos.

1932

Céline escreve *Viagem ao Fim da Noite.*

—

Aldous Huxley publica *Admirável Mundo Novo.*

1933

Realiza-se em Paris a primeira exposição de Maria Helena Vieira da Silva.

—

Giacometti cria *A Mesa.*

—

Andre Malraux publica *A Condição Humana.*

—

Gertrude Stein publica *A Autobiografia de Alice B. Toklas.*

—

Inauguracão dos estudios Tobis (Portugal).

—

Morre com 47 anos Hans Prinzhorn, o psiquiatra interessado nos desenhos dos seus pacientes mentais. Acácio Nobre chegou a confraternizar com Hans em Frankfurt e em Heidelberg onde foi admitido como investigador, tornando-se depois paciente à força, e fugindo durante um incêndio premeditado sobre o qual pouco se sabe, regressando primeiro a Zurich e depois novamente a Paris.

—

Einstein, agora nos Estados Unidos da América, visita a Exposição Universal de Chicago, onde está exposta, de novo, a máquina 3 1/2D de Acácio Nobre.

1935

Morre Fernando Pessoa com 47 anos depois de publicar o seu pior poema.

1937

A revista *Presença* publica *Indícios de Ouro* de Mário de Sá-Carneiro.

—

Primeira mostra surrealista em Londres, Dalí aparece vestido com um fato-de-mergulho e dois lobos irlandeses e quase sufocou até que alguém percebeu que não estava a fingir e lhe tirou o "capacete".

—

Penrose, Picasso, Ray, Dora, Éluard e Acácio Nobre juntam-se durante um querido mês de agosto em Arlesienne, onde passam férias juntos.

—

Picasso pinta 6 retratos de Lee Miller, Man Ray tira 7 fotografias e Acácio Nobre inventa o *Puzzle para Sete* que nunca chega a ser comercializado.

1938

Almada Negreiros publica *Nome de Guerra*.

—

Henry Miller publica *Trópico de Capricórnio*.

—

Samuel Beckett publica *Murphy*.

—

Primeira exposição surrealista em Paris recebe 3.000 pessoas na abertura.

1939

A 1 de setembro Acácio confessa, tardiamente, o seu amor por Pacheko. Este suicidara-se em 1934.

—

A 23 de setembro morre Sigmund Freud com 83 anos.

—

Sartre publica o ensaio *Esboço para uma Teoria das Emoções*.

—

Klee pinta *Angelus Novus*, o anjo que não consegue fechar as asas com a tempestade do paraíso de acordo com Walter Benjamin, o homem que, segundo Arendt, chegara cedo ou tarde demais mas nunca a horas.

—

James Joyce publica *Finnegans Wake*.

—

John Steinbeck publica *As Vinhas da Ira*.

—

Marguerite Yourcenar publica *Golpe de Misericórdia*.

—

Victor Fleming realiza *E Tudo o Vento Levou* e *Feiticeiro de Oz*.

1940

De 22 junho a 2 dezembro: Exposição do Mundo Português.

—

A 21 de agosto morre Leon Trotsky com 61 anos.

—

Exposição de Arte Popular Mexicana apresenta Frida Kahlo em Paris.

—

Howard Florey usa a penicilina pela primeira vez como antibiótico.

—

Início da construção do aeroporto de Lisboa e da autoestrada Lisboa-Cascais.

—

Bachelard publica *A Filosofia do Não.*

—

Henri Matisse pinta *Blusa Romena.*

—

Kandinsky pinta *Céu Azul.*

—

Miró pinta *Constelações.*

—

Paul Klee pinta *Morte e Fogo e Máscara.*

—

Maria Helena Vieira da Silva pinta *Atelier-Lisbonne.*

—

Graham Greene publica *O Poder e a Glória.*

—

Carson McCullers publica *O Coração É um Caçador Solitário.*

—

Dylan Thomas publica *Retrato do Artista enquanto Jovem Cão.*

—

Miguel Torga publica *Os Bichos*.

—

A cancão *Lili Marleen* torna-se popular.

—

Roland Penrose torna-se oficial da Royal Engineers e ensina técnicas de camuflagem.

—

David Sherman torna-se fotógrafo da *Life*; vive com Lee e Penrose.

—

Acácio Nobre sobrevive nos anos seguintes escondido num convento de freiras em Brecht, na Bélgica, fazendo um voto de silêncio, barbeando-se afincadamente todos os dias e fazendo-se passar por uma mulher até finais de 1946.

1945

8 de maio: termina (aparentemente) uma certa guerra e funda-se a PIDE (Polícia Internacional de Defesa do Estado) em Portugal. O país, tal como Acácio sempre anunciara, é um anacronismo permanente.

—

É assinado um novo acordo ortográfico da língua portuguesa que se manterá em vigor por todo o século XX. Acácio Nobre desconhece tal medida e continua a encher o seu *Diário Retrospectivo* de th's.

1946

A 27 de julho morre Gertrude Stein com 72 anos.

—

Descoberta do carbono 13.

—

É construído um cérebro eletrônico na Universidade da Pensilvânia.

—

Cesare Pavese publica *Férias de Agosto* e Alva invade o convento de Brecht aos gritos obrigando Acácio Nobre a fugir, não de Heidelberg, nem de uma Paris ocupada, mas da própria Madre Superiora. Muitos palavrões mais tarde, Alva e Acácio reencontram-se na cumplicidade e estranheza que sempre os caracterizou. Acácio nunca soube qual o passado de Alva na sua ausência, tendo apenas reparado numa leve cicatriz no canto do olho esquerdo e um *piercing* com uma pérola no interior dos seus lábios vaginais.

1947

A 1 de dezembro morre Aleisteir Crowley.

—

Mário Cesariny pinta *Figuras de Sopro*.

—

Jackson Pollock pinta *Full Fanthom Five*.

—

Le Corbusier projeta *L'Unité d'Habitation* em Marselha.

—

Boris Vian publica *O Outono em Pequim* e *A Espuma dos Dias*.

—

Malcolm Lowry publica *Debaixo do Vulcão*.

—

Thomas Mann publica *Doutor Fausto*.

—

Albert Camus publica *A Peste.*

—

Cesare Pavese publica *O Camarada.*

—

Max Frisch publica *A Muralha da China.*

—

Pablo Neruda publica *Terceira Residência.*

—

Acácio Nobre volta a pintar, e relê *Crime e Castigo* de Dostoievsky.

1948

William Higginbotham inventa aquele que é considerado o primeiro videojogo a partir de um osciloscópio militar: um jogo de ténis eletrónico para dois jogadores.

1949

A 5 de maio morre Maurice Maeterlinck com 86 anos.

—

Simone Beauvoir publica *O Segundo Sexo.*

—

George Orwell publica *1984.*

1950

A 21 de janeiro Jean Cocteau realiza *Orphée.*

—

A 21 de janeiro morre George Orwell com 47 anos.

—

A 27 de agosto morre Cesare Pavese com 42 anos.

—

A 2 de novembro morre George Bernard Shaw com 94 anos.

—

Lee Miller fotografa a Dublin de James Joyce para a *Vogue* britânica.

—

Verão em conjunto em Farley Farm: Picasso, Penrose, Miller, Acácio, Alva, entre outros. Acácio e Alva decidem regressar a Paris.

1951

A ativista Margaret Sanger e o endocrinologista Gregory Pincus jantam juntos durante uma festa e ela convence-o a pensar na criação em laboratório de uma pílula contracetiva.

1952

A 8 de fevereiro a rainha Isabel II sobe ao trono do Reino Unido.

—

Samuel Becket publica *À Espera de Godot*.

1953

A 13 de abril Ian Fleming publica *Casino Royale*, com uma capa desenhada pelo próprio.

—

Criacão da Fundação Calouste Gulbenkian.

—

Boris Vian publica *O Arranca Corações*, a sua última novela.

1954

A 3 de novembro morre Henri Matisse com 84 anos.

—

Dois agentes da PIDE deslocam-se até Paris com a missão de destruir todos os retratos fotográficos de Acácio Nobre.

—

Acácio Nobre chega de comboio a Amesterdão para dar entrada num asilo psiquiátrico onde permanecerá por duas décadas.

—

Almada Negreiros pinta o *Retrato de Fernando Pessoa* para o restaurante *Irmãos Unidos*.

—

Raúl Leal e Judith Teixeira fundam o Clube dos Amigos de Acácio Nobre.

1955

A 18 de abril morre Einstein com 76 anos.

—

A 20 de julho morre Calouste Gulbenkian com 86 anos.

—

A 12 de agosto morre Thomas Mann com 80 anos.

—

A 13 de dezembro morre Egas Moniz com 79 anos.

—

R. F. Burk e Kenneth Franklin descobrem que Júpiter emite ondas de rádio.

—

Vladimir Nabokov publica *Lolita*.

—

Graham Greene publica *O Americano Tranquilo*.

—

Nicholas Ray realiza *Fúria de Viver*, com James Dean.

1956

A 24 de maio realiza-se o primeiro Festival Eurovisão da Canção.

1957

A 7 de março é transmitida a primeira emissão televisiva da RTP.

—

A URSS inicia a era espacial, lançando no espaço o primeiro satélite artificial da Terra – *Sputnik 1*; em novembro lança o *Sputnik 2*, enviando para o espaço o primeiro ser vivo, a cadela *Laika*.

—

Prémio Nobel da Literatura para Albert Camus.

1959

A 8 de janeiro inaugura-se o Monumento ao Cristo-Rei, em Almada, obra de Francisco Franco, escultor português.

—

Inicia-se o programa espacial soviético Lunik e assiste-se à primeira caminhada no espaço, ao primeiro veículo a entrar em órbita solar e à primeira imagem do lado visível da Lua. Sabe-se porque se vê na televisão.

—

Morre Judith Teixeira.

1960

É acionado, em Genebra, o primeiro acelerador de partículas europeu (o próton synchrotrom).

1964

Morre Raúl Leal.

1967

Acácio Nobre recebe dois telegramas na sua casa em Lisboa, um oficial e um privado. Ambos denunciam a chegada dos seus variados apelos às diferentes secretarias de Estado sobre a possibilidade de construção de uma escola froebeliana em Portugal.

1968

Início da reescrita do Manifesto 2020.

—

A 17 de maio Acácio Nobre morre de paragem cardíaca, em Paris, convencido de que está a ver passar a mui ansiada revolução no seu bem-amado Chiado. No seu funeral todos trazem um laço branco, bolachas Maria com manteiga e um livro para ler em silêncio. Desde então, este encontro repete-se, num encontro em que mortos e vivos leem uns para os outros e trocam de fantasmas.

Agradecimentos

Fui recolhendo, ao longo de 16 anos, cartas, diários, testemunhos, maquetas de jogos e de armadilhas de um tal de Acácio Nobre (1869(?)-1968), cuja extensa vivência se cruzou com a dos meus avós por motivos que ainda desconheço.

Esta pesquisa não teria sido possível sem o apoio, a generosidade e a dedicação de todos os apaixonados pela História do Desenho e da Geometria com quem me cruzei e que me confirmaram que a ciência, a modernidade e as ideias mirabolantes só são previsíveis quando fixas a carvão.

Seria prolongada a lista de todos a quem gostaria de agradecer, podendo mesmo ocupar tantas páginas quantas a obra ocupa. Não posso, no entanto, deixar de nomear alguns encontros improváveis e determinantes para este projeto, sobretudo mencionar aqueles que desconhecem o impacto que tiveram no meu percurso, caracterizado por uma persistência irredutível e não raras vezes insustentável. Desses encontros celestes destaco o encontro com a obra de investigação de Juan Bordes, *A Infância das Vanguardas*, que me fez perceber o tesouro que tinha em casa; a dedicação e disponibilidade de Andrew Rhoda da Biblioteca Lilly na Universidade de Indianápolis, que me abriu as portas da maior coleção de puzzles geométricos no mundo, permitindo-me mergulhar num infinito e raro espólio por catalogar, e no qual encontramos, em conjunto, duas peças da autoria de Acácio Nobre; a Alda Salaviza por ter restaurado a joia que Alva ofereceu a Acácio Nobre e me ter conduzido pelo misterioso mundo da joalharia erótica feminina do século XIX; ao Dr. Bakali que me introduziu na História dos Jogos de Tabuleiro e que reconheceu de imediato o que tinha em mãos quando lhe mostrei o *Volleyschoppio*; a André Teodósio, à Helena Serra, ao José André, ao Pedro Pires e ao Christoph de Boeck pela parceria, companheirismo, inspiração e golpes de génio que acompanharam a construção das primeiras obras inspiradas neste espólio; ao professor De Warren, que gentilmente ignorou o propósito pouco filosófico da minha empresa académica aceitando todos os meus espantos e desaconselhados desvios temáticos na minha tese; a Emilia Brodencova, do Instituto de Filosofia de Leuven, por me ter chamado à razão quando me sentiu resvalar para a abstração irreversível e para o desastre universitário e tornou possível a combinacão de todos os impossíveis passando pelo colapso de todas as plataformas eletrónicas que transformam qualquer desaire em erro técnico (houvesse uma Emilia Brodencova em todas as esquinas e o mundo só teria perturbações se premeditadas); a Lisa B. Gardinier, bibliotecária apaixonada e exímia da biblioteca principal da Universidade de Iowa City, que me atirou para os braços de um Camões de Melville, mal eu tinha acabado de atravessar o Atlântico. Ao Centro Nacional de Cultura, não só pelo apoio permanente aos meus projetos ao longo dos anos, mas sobretudo pelo acesso ao espólio de José Pacheko, permitindo-me identificar as personalidades presentes naquela que é, possivelmente, a única foto existente de Acácio Nobre. Queria agradecer a toda a equipa do Museu do Chiado por me ter permitido apresentar *O Chiado de Acácio Nobre* em 2009 e reconstituir a instalação *Parasomnia* de Acácio Nobre em 2015.

Provavelmente contra as suas vontades, não posso deixar de agradecer a Zeferino Coelho e a Isabel Garcez, mestres da edição e da sabedoria literárias, pelo carinho e pelo rigor com que sempre acolhem cada proposta, inundando-me com biografias várias, manuais de geometria, apontamentos históricos, enunciados de catástrofes, acordos ortográficos e manuais de doenças hereditárias, entre outros delírios indispensáveis para que nenhuma palavra ou traço desta obra contivesse mais equívocos do que os necessários. Por último, não posso deixar de mencionar a (in)feliz circunstância que me atirou para um projeto de investigação recentemente e escandalosamente falhado, permitindo-me a tristeza e o horror necessários para que não hesitasse no cumprimento desta missão que tem sido a de partilhar a vida de um visionário que uma primeira ditadura fascista silenciou, e uma ditadura atual do gosto e do conhecimento perpetuam. Para que não se repita a falha por falta de oposição, assim continuarei a escrever.

E,

Alva!,

Permite-me não te agradecer nesta página; a gratidão que sinto pelo nosso encontro e pelas histórias que partilhamos está espalhada por quase todos os rodapés deste livro e merece vocábulos que por uma questão de decoro de uma página preliminar não ouso agora utilizar.

A todos os que fizeram voluntária e involuntariamente parte desta jornada, aqui mencionados ou aqui esquecidos (sem por isso serem menos apreciados), um imenso obrigada. E a todos aqueles que, após a leitura destas páginas se venham a encontrar na presença de alguma evidência, documento, ou detalhe imperdível da vida de Acácio Nobre, aqui fica o meu contacto na expectativa de que o queiram partilhar: portela.patricia@gmail.com

Saldanha, 20 de agosto de 2015

A mentira, como é obra nossa, podemos torná-la verosímil, a verdade é como vem, e por vezes, como no caso presente, não tem verosimilhança nenhuma.[104]

Fernando Pessoa in *Correspondência de Fernando Pessoa*, Assirio & Alvim.

A realidade é sobrestimada e o mundo quando muito é surreal!

Acácio Nobre, *Diário Retrospectivo*, 18 de novembro 1919 [2019?]

Antuérpia, Baku, Rudolstadt, Berlim, Lisboa, Paço de Arcos, Manhufe, Lublijana, Paris, Amesterdão, Bruxelas, Chicago, Tóquio, Sendai, Pequim, Istambul, 1999-2015.

Os Kindergarten de Frobel nunca chegaram a ser implementados em Portugal.

---

104 Foi com estas palavras que Fernando Pessoa iniciou o seu discurso sobre Acácio Nobre em 1918, um ano após a apresentação do manifesto futurista português e pouco tempo após o seu regresso da frente de batalha. Desconhece-se, até a data, o caráter do seu comentário seria lisonjeiro ou detrator.

Índice do espólio

COLEÇÃO GIRA

1. *Morreste-me*, de José Luís Peixoto
2. *Short movies*, de Gonçalo M. Tavares
3. *Animalescos*, de Gonçalo M. Tavares
4. *Índice médio de felicidade*, de David Machado
5. *O torcicologologista, Excelência*, de Gonçalo M. Tavares
6. *A criança em ruínas*, de José Luís Peixoto
7. *A coleção privada de Acácio Nobre*, de Patrícia Portela

CURADORIA DE REGINALDO PUJOL FILHO

FONTES Fakt, Silva
PAPEL Pólen soft 80 g/m²
IMPRESSÃO Reproset Ind. Gráfica
OUTUBRO DE 2017